나의 직업은

해양경찰

이다

|바다 안전지킴이 28년간의 기록|

나의 직업은 해양경찰 이다

황성준 지음

좋은땅

· 목 차 ·

1화

철부지 소년의 어린 시절

유년기

나의 어린 시절부터 시작해 볼까 한다.

나는 1969년 12월 28일 경남 고성의 어느 농촌 마을에서 태어났다. 어려운 시기에 태어나 키우는 데 어려움이 많았다고 부모님들께서는 지금도 말씀을 하시곤 한다. 다들 바쁜 시기였기 때문에 출생신고도 하지 않고 지내는 사람들이 많았다. 나 역시도 69년생이지만 70년도에 출생신고를 하는 바람에 한 살 어리게 등록되었다. 나중에 안 사실이지만 우리 가족 모두 특이한 날짜에 출생신고를 했다. 예를 들면, 6월 25일, 4월 19일, 5월 18일. 그 당시 외삼촌이, 남들이 알고 있는 날에 등록되어야 생일을 안 까먹고 챙겨 준다 해서 그렇게 신고를 했다고 한다, 참 지금 생각해 보면 어이가 없다. 그렇게 5살까지 시골에서 지내다 6살 무렵 도시로 가족 모두 이사하게 된다.

소년기

부산의 범일동이란 동네에서 터를 잡고 살면서 생활이 어려운 때도 많이 생겨 여러 동네로 이사를 다녔다. 그 당시 아버지의 직업은 목수였다. 어머니는 집안일을 하면서 종이 붙이는 일 등, 생계를 유지하기 위해 여러 가지 일을 많이도 했다. 지금 생각하면 고생을 많이 하신 것 같아 마음이 아프다. 삼 형제 키운다고 열심히 사는 모습이 가끔씩 떠올라 가슴이 멍해진다. 생활이 조금 나아지면서 양정에서 35년째 계속

나의 직업은 해양경찰이다

살고 계신다.

1983년 12살이 된 나는 여러 학교를 다니다 양정에 위치한 양정초등학교 5학년에 편입해 학교생활을 했다. 부모님 속을 많이 썩이면서 초등학교 생활을 한 것 같다. 어려서부터 공부에는 소질이 없고 운동에만 관심이 많았던 나는 부모님께 매달려 축구를 하고 싶다고 했으나, 그 시절에는 돈이 없으면 운동 자체를 하기가 어려웠다. 그래서 돈이 많이 필요 없는 육상부에 지원했다. 아마 기억으로 그 당시 6학년까지 100m 13초 정도 뛴 것으로 생각이 든다.

어느 날 축구부 감독이 달리기를 잘하는 나를 보면서 축구를 한번 해 보지 않겠냐고 물어봤을 때 마음속으로 엄청 좋아했다. 부모님은 금전적으로 풍족하지 않은 관계로 운동을 하는 것을 많이 반대 하셨다. 감독님의 성화에 못 이겨 잠시나마 축구를 하면서 초등부 준우승 했던 것도 생각나고, 운동부 친구들과 사고를 치면서 생활하던 일 등 옛날 일이 조금씩 생각난다. 그 당시를 회상해 보면 아름다운 추억인 것 같다. 시간은 점차 흘러 초등학교 6학년을 마치고 중학교에 입학하게 되었다.

2화

학창 시절 나의 모습

14살부터 16살까지 부산 양정에 있는 동의중학교에 입학하여 졸업할 때까지 공부는 전혀 신경 쓰지 않고 친구들과 어울려 다니면서 사고를 많이 쳤던 기억이 난다. 중학교 1학년 때부터 점심 식사 후 친구들과 수업을 마치지 않고 일명 '땡땡이'를 치며 부산 부전역 주변에 있는 2본 동시 상영관인 노동극장(부산에서는 노동창고라 한다. 이유는 아주 작은 영화관이라 그렇게 불렀다.)에서 영화를 보고 집으로 갔던 적이 있었다.

나중에 부모에게 알려져 아버지께 죽도록 맞고 학교에 갔던 일이 생각나 부모님 속을 많이 썩인 것 같아 죄송스럽다. 세월이 흘러 중학교를 졸업하고 고등학교에 입학하게 되었다.

중학교 졸업이 다가오자 어느 고등학교로 가야 할지, 많은 생각을 거친 끝에 1986년 2월, 오대양 육대주를 누비는 마도로스 학교인 부산해양고등학교가 마음에 들어 기관 학부에 지원해 입학하게 되었다. 해기사(바다의 사관)를 키우는 이 학교 또한 만만치 않았다. 전국에서 모인 반 친구들은 사고뭉치들이 많았고 다들 한 주먹씩 하는 친구들이 대부분이었다. 서로가 1학년 통(일명 '짱')을 하기 위해 싸움을 걸어 오는 친구들도 많이 있었다.

서로 기 싸움에서 지지 않기 위해 학교 수업이 끝나면 싸울 수 있는 공간을 찾아 싸움을 했다. 영화 〈친구〉처럼 부산항 주변에 있는 자갈치, 남포동, 충무동 일대는 여러 종류의 냉동 공장이 많아 어선에서 주로 생선을 담을 때 사용하는 어구 상자를 모아 두는 장소가 많이 있었다. 주로 이곳에서 일대일 싸움으로 일인자를 가렸다. 참 그때는 왜 그렇게 했는지 이해가 되질 않는다. 나 역시도 싸움을 좀 하는 편이었다. 힘이 없고 약한 자는 보호하고 불의를 보면 못 참는 그런 성격으로, 다행히 나쁜 친구들과는 어울리지 않고 나와 뜻이 맞는 친구들과 어울려 다녔다.

학교에 들어간 지 1학년 중반쯤 되었을 때 한 친구의 권유로 청소년 적십자 모임에 들어가 여러 봉사 활동을 하며 지냈다. 그중에 진해 군항제 도우미 봉사가 기억에 많이 남는다. 같이 봉사를 할 수 있는 여학교 학생들과 같이 봉사 활동을 했다 그 당시 학교 이름은 생각나지 않는다. 세월이 많이 흘러가긴 했는지, 기억이 나지 않는다. 학교생활을 하면서 여러 봉사 활동에 참여함으로써 착한 사람으로 바뀌어 가는 나의 모습을 볼 때 마음속으로 기뻤다.

시간이 흘러 2학년 말경 실습을 가야 하는 시기가 다가오니 고민이 많았다. 고등학교 졸업 후 대학을 들어가야 하나, 취업을 해야 하나 고민이 많았던 나는 가정 형편이 어려운 집을 위해 결단을 내려야 했다. 오랜 생각 끝에 상선을 타고 돈을 벌기 위해 실습을 나가는 것으로 최종 결론을 내고 실습 지원서를 선생님께 제출했다. 실습은 3학년 1학기 2월부터 나가는 조건이었다.

3화

청소년적십자 RCY 활동

1988년 2월 6일 부산 동의중학교를 졸업하고 나는 오대양 육대주를 누비는 해기사가 되기를 바라며, 부산 남부민동에 위치한 부산해양고등학교에 입학했다. 이곳은 부산광역시 서구 남부민동에 있었던 사립 고등학교이다. 1956년 3월 13일에 개교하여 1995년 2월 28일에 폐교했다. 약 39년의 전통을 이어 오다 현재는 부산해사고등학교로 변경되어 운영되고 있다. 잠시 부산해양고등학교에 대하여 알아보고 이야기를 시작해 보자.

부산광역시 서구 남부민동에 있었던 사립 해양 계열 특수목적 고등학교로 대한민국 최초의 특수목적 고등학교 중 하나다. 2018년에 알로이시오전자기계고등학교가 폐교되기 전까지는 부산에서 마지막으로 폐교된 정규 고등학교였다. 현재 이 학교의 기능은 부산 영도구 동삼동에 위치한 부산해사고등학교로 이관되었으며, 학적부도 신민학원(현 부일학원)계열 학교(부일외국어고등학교, 부일디자인고등학교)들이 아닌 부산해사고등학교가 기록을 보관하고 있다고 한다. 이 학교는 1956년 3월 13일에 사립 선원 양성 학교로 개교하였으며, 1974년 고교 평준화를 앞둔 1년 전인 1973년에 대한민국 최초의 특수목적 고등학교 중 하나로 지정되었다.

하지만 1990년 이후로 힘든 일을 기피하는 사회 풍조가 만연하면서 부산해양고등학교는 1991학년도 학생 모집에서 900명 모집에 649명이 지원하여 0.71대 1이라는 저조한 경쟁률을 보였다. 국립 학교인 부

나의 직업은 해양경찰이다

산선원학교가 승선(취업)률이 97%였던 것과 달리, 부산해양고등학교의 승선률은 20%에 불과했다. 결국 1991년 8월 5일에 해운항만청 및 교육부는 국립 초급 간부 선원 양성 학교인 부산선원학교와 인천선원학교를 정규 특수목적 고등학교로 전환하는 방침과 함께 부산해양고등학교를 일반계 고등학교로 전환하기로 신민학원과 합의를 하였으나, 그 과정에서 무언가가 꼬인 것인지 결국은 부산해양고등학교는 폐교될 처지가 되고 말았다.

1992년 사하구 감천1동으로 이전을 하면서 마지막 학생을 모집했고, 1995년 2월 28일을 끝으로 최초의 특수학교인 부산해양고등학교는 마지막 졸업생을 배출하면서 퇴장하여 그 자리는 부산해사고등학교가 대체하게 되었다.

1991년 8월 5일에 해운항만청과 교육부의 방침으로 부산해양고등학교와 국립 부산선원학교의 통폐합이 예정되었는데, 그 과정에서 두 학교 간의 알력이 상당했다. 부산해양고등학교 재학생과 동문들은 부산해양고등학교의 40여 년에 가까운 역사와 기수를 승계하고 국립 부산해양고등학교라는 교명을 원했으나, 국립 부산선원학교의 학생들은 사립학교의 역사를 따를 수 없다고 반발하며 부산해운고등학교로 교명을 정해야 한다고 주장했다. 그것 때문인지 부산해양고등학교를 배제하고 국립 부산선원학교를 정규학교로 바로 계승하여 전환하는 방침이 결정되니, 이번에는 부산해양고등학교 재학생들과 동문들이 가만히 있지 않는 등 상당한 신경전이 벌어졌다.

결국 초급 간부 선원 양성을 위한 새 국립 고등학교는 국립 부산선원학교나 부산해양고등학교 학생들의 생각과 달리, 부산해사고등학교라는 제3의 이름으로 확정되었다. 1995년부터 부산해양고등학교의 학적부를 부산해사고등학교로 통폐합하여 관리하기로 방침이 정해지자, 역시 국립 부산선원학교 재학생들이 들고일어나 버렸다. 부산해양고등학교 학적부 이관에 반발한 국립 부산선원학교 재학생들은 1992년 9월 28일부터 수업 거부에 들어가더니, 9월 30일에는 집단 자퇴서를 제출하고 10월 14일에는 봉래교차로에서 가두시위를 벌이는 등 3주 이상 수업을 거부했다.

국립 부산선원학교 재학생들은 부산해양고등학교 학적부가 부산해사고로 이관되는 것은 국립 부산선원학교의 전통이 말살되는 것이라고 주장하면서, 폐교되는 사립 부산해양고등학교 학적부는 교육청이나 신민학원(현 부일학원) 계열 학교인 부일전자디자인고등학교나 부일외국어고등학교에서 보관할 것을 요구하였다. 하지만, 부산해양고등학교의 학적부가 1995년부터 새 국립 학교인 부산해사고등학교로 이관되어 보관될 것이 확정되었다. 그 과정의 반발 때문에 부산해사고등학교의 역사나 기수는 국립 부산선원학교의 것을 따르고, 부산해양고등학교의 것은 배제되면서 결국 두 학교의 신경전은 이렇게 이도 저도 아닌 상태로 봉합되며 잠잠해졌다.

부산해양고등학교의 학생 모집이 중단된 1993년 이후부터 신민학원은 부일공업고등학교(현 부일디자인고등학교)를 운영하고, 1995년 2월 28일 부산해양고등학교를 폐교한 바로 다음 날인 3월 1일부터 부일외국어고등학교를 개교했지만, 이 학교들 역시 모두 부산해양고등학교와는 법적으로 별개의 학교가 되었다. 직접적 연결고리가 없는 데다, 부산해양고등학교의 역사나 기수를 승계하거나 복원하지도 않았던 것으로 봐서, 신민학원에서도 퇴출 직전의 부산해양고등학교를 그리 달가워하지는 않았던 것으로 보인다.

위와 같이 부산해양고등학교에 관한 내용을 살펴보면서 조금이나마 알게 되었을 것이다. 이 학교에는 3개의 학과가 있다. 항해, 기관, 통신의 학과로 나누어져 있어, 학교를 졸업하면 외항 상선을 타고 세계 여러 바다를 다닐 수 있다. 내가 이 학교에 지원하게 되었던 이유는 마도로스가 되고픈 마음과 이곳이 부산의 고등학교 중에서 교복이 가장 멋있던 걸로 유명했기 때문이다. 동복은 해군 정복과 비슷한데다가, 입고 다니면 다른 고등학생들 사이에서 확연히 눈에 띄었고, 하복은 상하의가 흰색이었으며, 구두에도 광을 내고 다니는 것이 좋아 보였다. 입학 후 첫날, 집에서 나와 학교로 가기 위해 버스 정류장에서 48번 버스를 탔다. 이 버스 외에 부산 남포동으로 가는 버스는 여러 대가 있었고, 이 버스들을 타면 학교까지 조금 걸어야 했다. 48번 버스만 유일하게 학교 앞까지 갔기에 학생들이 많이 탔다. 특히, 이 버스는 해양고등학교 전용 버스로 선후배들이 많이 타서 맨 뒤에 있는 좌석에서 기합을 많이 받으며 간 것으로 안다. 영화 〈말죽거리 잔혹사〉의 버스처럼 그 당시 선배들의 기합은 악명 높아 버스 안에 있는 승객도 말을 하는 사람은 없었다. 이렇게 버스 안에서부터 기합을 받으며 학교로 간 나는 기관 학과 교실로 들어갔다. 같은 반 학생 총원은 약 60명 정도였다. 전국에서 온 친구들은 얼굴 자체가 험악하고 우람한 체구를 가진 사람이 많았다.

담임 선생님과 인사가 끝난 후부터 본색을 드러내는 친구가 있었다. 그 무리 속에서 대장을 하고 싶은 한 친구가 여러 사람에게 시비를 걸며 싸움을 걸었다. 교실에서 주먹다짐, 아니면 수업 끝난 후 싸움을 많이 하는 장소에서 우열을 가려 짱이 된다. 이렇게 규합된 친구들은 밑으로 들어가 나쁜 행동을 하며 지내는 경우가 대부분이다. 지금 생각해 보면 추억이라 말해야 하나, 아니면 부끄럽게 생각해야 하는지 알 수가 없다. 2달이란 시간이 흐르면 각 동호회에서 신입생을 모집한다. 해양고등학교에는 해양소년단, 청소년적십자 RCY, 기타 여러 동호회가 있어 신입생을 받는다. 나는 친한 친구와 청소년적십자에 들어갔다. 청소년적십자에서 어떤 일을 하는지는 잘 몰랐다.

대한 적십자에 소속된 봉사 단체인 RCY는 청소년적십자로 운영하는 청소년 단체다. RCY는 사람과 봉사의 적십자 정신을 배우고 실천하여 우리 주위의 어려운 이웃을 위한 봉사 활동에 최선을 다한다. 또한, 국내외 단원들과의 친선 활동을 통해 남을 이해하고 사랑하는 법을 배우며, 자신과 친구, 가족, 이웃의 건강과 생명을 보호하기 위한 활동을 한다. 21세기는 국경을 초월한 하나의 지구촌으로 인간 생명을 존중하고 보호하며, 평화 달성을 위한 자원봉사의 시대다. 인도주의를 앞세우는 적십자 이념이야말로 청소년들이 어려서부터 꼭 배우고 익혀야 하는 정신이다. 해양고등학교는 약 십 년 전부터 활동을 시작해 많은 봉사 활동을 했다 하여 친구와 가입해 활동을 시작했다. 나의 첫 봉사 활동은 4월의 봄날, 따뜻한 햇살을 받으며 광복동 거리에서 여학교와 합동으로 진행했던 헌혈을 권유하는 캠페인 운동이었다. 1986년 당시는 헌혈에 대한 개념이 부족했고 헌혈에 동참하는 사람도 많이 없었다. 이 부족한 헌혈 참여자를 확보하기 위해 많은 사람에게 홍보를 해야 했다. 오전 9시부터 2시까지 열심히 활동했으나, 많은 사람이 헌혈을 하지는 않아 우선 봉사를 나온 학생들 위주로 헌혈을 하면서 부족한 헌혈을 채워 나갔다. 그날 하루 종일 캠페인 운동을 했지만, 시민들이 수혈한 헌혈은 20여 병, 봉사 활동을 나온 학생의 것은 약 50병으로 첫 봉사 활동을 마쳤다. 본인도 졸업 때까지 16회 정도 한 것 기억이 난다. 주말 봉사 활동을 마친 RCY 단원들은 지친 몸을 이끌고 인근에 있는 중국 음식점에서 배를 채우고 돌아갔다. 또 다른 봉사 활동을 위해서는 집에서 쉬며 체력을 보충해야 했다. 다음 날 학교에도 가야 했다.

해양고등학교에 입학한 지 세 달이 되어 가면서 RCY를 운영하는 선배들의 발걸음이 무거워 보였다. 4월에 있을 중요한 행사가 많이 신경

쓰이는 것 같았다. 한 선배에게 무슨 활동을 가는 것이냐고 물었다. 진해 군항제를 준비한다고 했다. 진해 군항제는 같이 봉사해야 하는 여학교 학생들도 만나야 하고, 봉사를 어떤 식으로 해야 하는지 계획을 짜야 해서 힘든 것 같았다. 약 10일 후에 있을 진해 군항제에 대한 역사를 알아보고 이야기해 보자.

'진해 군항제'는 1952년 4월 13일 진해 북원로터리에 충무공 이순신 장군의 동상을 세우고, 충무공의 얼을 기리기 위해 거행된 추모제가 축제의 시초이다. 이후 11년 동안 거행되어 오던 추모제는 1963년 충무공의 호국 정신을 이어 가고 향토 문화예술의 진흥을 도모하고자 문화축제로 새롭게 단장되었고, 명칭도 군항제로 변경되었다. 축제는 벚꽃의 개화 시기에 따라 매년 3월 말에서 4월 초에 열흘간 열렸는데, 2011년부터는 4월 1일~10일로 날짜가 확정되었다. 행사는 창원시와 진해 군항 축제 위원회에서 주최하며, 중원로터리를 비롯한 진해구 일원에서 펼쳐진다.

해군의 요람인 군항 도시 진해는 4월이면 전 시가지가 벚꽃으로 뒤덮여 장관을 이룬다. 진해의 벚나무는 일제 강점기 진해에 군항이 건설되면서 도시 미화용으로 심어진 것인데, 이 때문에 광복 후 시민들은 일제의 잔재로 여겨지는 벚나무를 잘라 버렸다. 당시 시민들의 출입이 불가능했던 해군 작전사령부 내에 벚나무가 남아 있었는데, 1962년 식물학자들에 의해 왕벚나무의 원산지가 일본이 아닌 제주도로 밝

　　　　　　　　　　　　　　　　나의 직업은 해양경찰이다

혀지면서 벚나무 살리기 운동이 시작되었다. 이후 진해는 화려한 벚꽃 도시로 거듭나게 되었다.

군항제 기간 내내 진해 곳곳에 널리 식재되어 있는 한라산 자생종 왕벚나무를 볼 수 있으며, 벚꽃 명소로는 진해내수면환경생태공원, 여좌천로망스다리, 장복산조각공원, 경화역, 제황산공원, 진해루 등이 있다. 또한, 군항제 기간에는 평소 일반인의 출입이 어려운 해군사관학교와 해군기지사령부의 영내 출입이 가능하며, 해군·이충무공 관련 자료가 소장되어 있는 박물관과 실물 크기로 제작된 거북선을 관람할 수 있다. 해군사관학교 연병장에서 펼쳐지는 해군 헌병기동대의 퍼레이드도 감상할 수 있으며, 군함도 승선해 볼 수도 있다. 주요 행사로는 전야제, 개막식, 별빛축제, 에어쇼, 해상 불꽃 쇼, 진해 군악의 장 페스티벌 등이 열리고, 추모행사로 이충무공 동상 헌화, 이충무공 승전 행사, 이충무공 추모대제 등이 열린다. 현재는 코로나19로 인하여 모든 행사가 취소되어 안타깝지만, 코로나가 종식되면 해마다 다시 열릴 것을 기대한다.

이곳에서 RCY는 주로 교통 정리 및 행사장 안내 등 인원이 부족한 곳에서 활동했다. 나는 몇몇 선배들과 교차로 내에서 수신호로 교통 상황을 정리하는 활동을 했다. 정말 많은 차들이 지나갔다. 이곳에는 신호등이 없어서 수신호가 절대적이었다. 1시간씩 돌아가며 수신호를 했는데, 계속해서 매연과 싸워야만 했다. 또한, 우리의 수신호로 충돌 사고가 나지 않을까 하는 생각에 바짝 긴장할 수밖에 없었다. 사람들이 점차 늘어나며 북적였고, 밤이 되며 절경을 즐기려는 사람들과 차량도 늘어났다. 학생들은 힘들어하면서도 조금이나마 도움이 되고자 열심히 움직였고, 그 모습이 보기 좋았다. 어느덧 시간이 많이 흘렀다. 저녁 10시가 되어 봉사는 마무리가 되었다. 봉사에 참여한 학생 모두 늦은 저녁을 먹은 다음 간단한 대화 후 지친 몸을 버스에 실었다. 부산으로 이동하면서 진행 요원 학생의 진해 군항제 행사에 대한 소감을 들었고, 곧 처음 집합한 곳에 도착하며 봉사 활동을 모두 마무리하고 각자의 집으로 돌아갔다. RCY 청소년 단원으로 3학년이 끝날 때까지 여러 봉사 활동을 하면서 보람도 많이 느꼈고 여러 에피소드도 많다. 무엇보다 봉사 활동 자체를 하면서 인성이 똑바르게 되어 나 자신의 모습이 변화해 가는 것을 느꼈을 때, 그 당시는 어떤 역경과 어려운 일이 생겨도 앞으로 나갈 수 있을 것 같았다. 30여 년이 지났지만 지금 생각해 보면 더 많은 추억을 더 만들지 못한 것이 안타까울 뿐이다. 그때 같이 봉사 활동을 하면서 사귀었던 친구들이 많이 생각난다. 기회가 된다면 꼭 한번 만나 보고 싶다….

나의 직업은 해양경찰이다

4화

실습선을 타고 태평양을 누비던
마도로스의 시작

1988년 1월 8일 부산 초량동에 있는 대한통운 빌딩 6층 우일상운 (주)에 소속된 약 2,500톤급 송출 잡화선 오리엔트 킹 호를 타고 실습을 하라는 연락을 받았다. 동년 2월 8일 부산 김해공항에서 같은 근무를 할 동료들과 서로 인사한 후, 일본 오사카로 가는 비행기를 타고 이동했다. 한 시간 뒤 오사카 공항에 내린 우리 일행은 회사에서 제공한 버스를 타고 한 시간 정도 거리에 있는 항구로 갔다. 그곳에 우리가 타야 할 오리엔트 킹 호가 있었다. 아무것도 모르는 나는 어떻게 해야 할지 답답했다. 다행히 일행 중 연장자께서 잘 인도해 주셔서 안전하게 큰 배로 올라갔다. 저녁 식사 후 총원 식당으로 모여서 환담의 시간을 가지며 각자 자기가 맡아야 할 일 등을 말해 주었다. 제일 연장자는 1등 항해사로, 안전하게 1년간 잘 적응해서 한국으로 가자고 했다. 나이가 제일 어렸던 나는 1년 동안 서로가 많이 챙겨 주면서 지냈던 일이 생각난다. 나는 기관학 전공 실습생으로 갔지만, 3등 기관사가 없어 임시 3등 기관사 업무를 보았다.

　　일본 오사카 항에서 3일 후 홍콩으로 첫 출항하여 캄보디아, 인도네시아, 태국, 브루나이를 거쳐 일본으로 입항하는 약 세 달간의 항해가 시작되었다. 배를 한 번도 타 보지 못한 나는 모든 것이 불안한 마음뿐이었다. 그때마다 1등 항해사와 동료들이 많이 챙겨 주었다. 2일간 항해를 해서 필리핀 해역을 항해 중일 때 일이다. 그 해역은 날씨 변동이 심한 곳으로, 파고(波高)도 높고 바람도 강하게 불고 있었다. 심한 날씨 탓에 멀미를 심하게 하는 동료도 있었다. 신기하게도 나는 멀미를

　　　　　　　　　　　　나의 직업은 해양경찰이다

하지 않았다. 높은 파도를 넘으며 항해를 해서 밤이 저물어 갈 때쯤 홍콩 항에 도착하게 되었다.

홍콩 외항에서 도선사(배를 안전하게 부두에 정박시키는 일)를 태우고 천천히 우리가 정박할 장소로 들어갔다. 깜깜한 홍콩항 주변 건물에서 나오는 밝은 불빛이 밝혀 주는 광경이 말로 표현할 수 없었다. 정말 멋진 것 같았다. 이래서 여러 나라를 다니는 선원들이 계속 배를 타는 것이라 생각했다.

홍콩항에 정박 후 다들 짐을 풀기 위해 각자 맡은 일에 충실했다. 나는 기관 업무와 냉동기 상태, 기관일지 등 전반을 챙겼다. 약 2시간쯤 일을 하다 마친 나는 샤워를 하고 식당에 있었다. 1등 기관사가 홍콩 시내 관광을 가자고 해서, 막내가 가도 되는지 물어보았다. 기관을 책임을 지고 있는 1등 기관사와 당직자를 제외하면 가도 된다고 해서 동료들과 같이 이동했다. 지금 생각해 보면 기관 파트(엔지니어)회식 목적으로 나간 것이었다. 홍콩 야시장은 사람들로 북적이고 있었다. 세계 각국의 관광객들이 찾는 곳이라 야시장은 사람들로 넘쳐나고 있었다. 우리 일행은 홍콩 주점인 작은 술집으로 들어갔다. 음식이 입에 맞을지, 아니면 맞지 않아 먹을 수 없을지 생각했다.

마침 우리가 주문한 음식을 먹어 보니 입맛에 맞았다. 기관 파트(엔지니어) 직원들과 서로서로 많이 도와주면서 1년간 잘 보내자며 이야기꽃을 피웠다. 한참의 시간이 흘러 우리는 배로 복귀했고, 내일을 위해 깊은 잠에 빠졌다.

홍콩에서 약 4일간 물건을 하선하고, 다음 목적지 캄보디아로 2일간 항해한 끝에 캄보디아 외곽에 닻을 내렸다. 검역을 하기 위해 해상에 대기하고 있었다. 1시간 뒤 캄보디아 검역관들이 배에 올라와서 검역 절차를 진행하면서 세관 요원들은 밀수 등 제반 사항을 확인하기 위해 배 곳곳을 확인하고 있었다.

수색하던 세관으로부터 연락이 왔다. 일이 터지고 말았다. 기관 배 전반 뒤쪽에서 다량의 담배 박스가 발견되어 세관 측에서 밀수가 아니냐고 추궁했다. 우리는 밀수품이 아니라며 몇 번을 말해도 우리의 말을 믿어 주지 않았다. 사실 잡화선은 온갖 종류의 화물을 싣고 다니는 배라, 며칠 전 홍콩에서 물건의 일부 중 박스 안에 있던 내용물인 외국용 담배 여러 보루가 터져 기관실에 갖다 놓은 것이었는데, 이것이 화근이 될 줄은 누구도 생각하지 못했다. 세관에서 계속 따지자, 선장은 한국 선사에 연락을 취하고 벌금 3,000불을 납부하는 것으로 매듭을 짓고 캄보디아항으로 입항을 했다.

나의 직업은 해양경찰이다

캄보디아 외항에 정박 중인 오리엔트 킹

　그 당시 캄보디아는 공산 국가로 사람들이 옷 입은 모습 등 생활 수
준이 우리나라 60년대 시절의 풍경이었다. 우리는 하역 작업을 종료하
면 시내 관광을 가려고 했으나, 캄보디아는 공산 국가로 활동에 제약
을 받는 시기라 배 안에서 지낼 수밖에 없어 선원 모두가 답답해했다.
배 안에는 음료수 및 술 등이 없는 상태라 인부를 통해서 물품을 구입
하는 실정으로, 나 또한 한 인부를 통해 바나나와 술 구입을 위해 얼마
면 되냐고 물어보니, US달러 2불 정도면 된다고 해서 이상했다. 이 돈
으로 살 수 있냐고 재차 물어보니 된다고 해서 돈을 주고, 주문을 부탁
한 인부를 기다렸다. 나는 바나나 1줄에 술 한 병 정도 구입해서 들어
오겠지 생각하면서 기다렸다.

한참의 시간이 흘러 주문한 물건을 가지고 와서 안을 보니, 바나나 한 박스와 그곳에서 만든 밀주, 60도짜리 화약주 한 박스가 있었다. 2불로 그 정도 양을 사 온 것을 보고 놀랐다. 우리와 그곳의 생활 수준에 차이가 많이 났기 때문에, 적은 돈으로 물건을 구입해 준 사람에게 라면, 치약 등 생활용품을 나눠 주니 아주 좋아하던 모습이 생생히 기억난다. 우리는 캄보디아에서 약 3일간의 일정을 마치고 다시 출항하여 다음 목적지인 태국으로 항해를 시작했다.

항해 중 업무를 마치면 배 안에는 선원들끼리 한잔씩 하곤 하는데, 배 안에 술이란 술은 모두 떨어져 내가 구입한 밀주를 한 병씩 나누어 주었다. 한 선원이 고맙다고 한 잔을 부어 먹으라고 해서 먹는 순간 위에서부터 밑으로 타고 들어가는데 가슴이 타는 줄 알았다. 그 한 잔으로 나는 침대에 엎어지고 말았다. 그렇게 독한 술은 처음 먹어 보았다. 다음 날 일어나서 술을 헝겊에 부어 라이터로 불을 붙이니 불이 붙는 걸 확인하고 나서는 이 술은 잘못 먹으면 탈이 날 것 같아 바다에 원액을 몽땅 버리고 다음 행선지인 태국에 입항했다.

오후까지 하역 작업을 한 후 우리는 관광을 하기 위해 기관 직원 모두 외출 준비를 하였다. 이곳은 적도 부근에 있는 더운 날씨가 상존하는 그런 나라이다. 관광의 천국이라 하는 태국 방콕 시내를 돌아보고 싶어 빨리 가자고 재촉했다. 태국 곳곳에는 세계 여러 나라에서 온 사람들이 관광을 즐기고 있어 많이 복잡했다. 태국의 왕궁, 방콕에서 제

나의 직업은 해양경찰이다

일 큰 수산 시장 등 구경할 곳이 많았다. 우리는 먼저 태국에서 유명한 교통수단인 '쌈빠'(고속보트)에 올라타고 강줄기 상단으로 이동했다. 수산 시장으로 연결된 선착장에서 하선하고, 불교를 상징하는 태국 왕궁 일대를 보면서 동료들과 사진을 찍었다.

어느덧 날이 저물어 오고 있었다. 여러 곳을 2시간을 돌아다녔더니 슬슬 배가 고파 오기 시작했다. 1등 기관사가 밥 먹으러 가자고 했다. 방콕의 최대 번화가인 외국인 전용 레스토랑 들어가게 되었다. 이곳은 1층은 국내인 전용, 2~3층은 외국인 전용이라 우리는 안내에 따라 3층으로 올라갔다. 안내한 곳에는 큰 탁자 중앙에 샤부샤부를 해 먹을 수 있는 화로가 있었고, 그 주변에는 온갖 해산물(킹크랩, 새우, 조개 등)이 놓여 있었다. 잠시 후 양주가 4병 정도 들어오고 우리 일행의 책임자인 1등 기관사가 말했다. 오늘은 자기가 음식값을 지불한다고 많이들 먹으라고 하며, 한국 갈 때까지 아무 사고 없이 잘 지내자며 건배 제의를 했고, 우리는 즐거운 시간을 보냈다.

식사를 마치고 나는 우리가 먹은 음식값이 많이 나올 것 같아 얼마가 나올지 궁금했다. 미국 돈으로 약 40불 정도 나온 것을 보고 얼마 되지 않아 놀랐다. 그 당시 환율은 1불에 한화 700원 정도 할 때였다. 총 8명이 많은 양의 술과 음식을 먹었는데, 그 정도의 액수가 나와 동남아 국가의 물가가 많이 저렴하다는 것을 차츰 알아가고 있었다. 이렇게 여러 국가를 다니다 보니 실습 기간 1년이 되었다. 우리 일행은 계약 기간인 1년을 채우고 부산 김해로 가는 비행기에 몸을 실었다. 약 1시간을 이동하여 공항에 도착했고, 출구에 나와 있는 가족들을 만나 집으로 돌아가며 나의 첫 마도로스 여행을 마쳤다.

나의 직업은 해양경찰이다

5화

철부지 군대를 가다

1989년 2월 13일 부산해양고등학교를 졸업한 나는 징병검사를 받은 후 해양경찰 전투경찰을 모집한다는 것을 알고 지원서를 접수했고, 그 해 10월경 경남 진해 위치한 해군 기초 군사학교에 입교, 약 4주간의 군사교육을 받게 되었다. 해군 기초군사학교는 육군과 달리 PX가 허용되지 않고 담배 등 기타 어떠한 행동도 할 수 없는 군사학교였다. 훈련으로 말하면 수색대 훈련 못지않은 힘든 곳이었다. 해양경찰 전투경찰(전경)로 입대한 동기들은 80명 정도의 인원으로, 해군들과 같이 교육을 받았다. 매일 낮, 밤을 가리지 않고 비상 훈련하는 등 연속적으로 훈련에 임하다 보니, 체중이 옛날의 모습 58kg으로 돌아가고 있었다.

특히, 야간 취침 점호는 악명이 높은 DHI 훈련 교관으로 실수는 용납되지 않는 그런 교관들이 있어 수도 없이 매를 맞았다. 진해는 바다를 끼고 있어 해안가에서 받는 훈련 등이 많아 어려움이 많았는데, 당시는 겨울이라 동기들과 추위에 떨던 모습이 생생하다. 야간 취침 후 다들 배가 고파 야간 훈련을 하고 싶어 하는 동기들도 있었다. 훈련 후 빵과 음료를 주기 때문이었다. 어떤 친구는 훈련 중 일반 사병이 버린 일회용 라이터를 가지고 있다 모두가 잠든 틈을 이용 어두운 연병장을 돌아다니며 담배꽁초를 주워 한 모금씩 하고 들어오는 동기들도 있었다. 지금 생각해 보면 어떻게 저렇게 했는지 웃음이 절로 나온다.

훈련의 강도는 점차 높아졌고, 다들 지쳐갔을 때쯤 갔던 해군 특기대 동초 근무 생각이 난다. 동초 근무하는 초소에서 끓여 주는 삼양라면은 일반 라면보다 크기가 두 배 정도 큰 라면이라 솥에 넣어서 먹었는데, 그때의 맛은 잊을 수가 없다. 훈련받을 때 유일하게 숨을 쉴 수 있는 곳이 특기대 동초 근무이다. 근무병들이 너무 잘해 주기 때문에 서로가 근무를 나가겠다고 손을 들던 기억이 난다.

또 다른 기억도 많이 난다. 누군가는 화장실에 용변을 보고 청소를 하지 않아 청소 요원들이 변을 먹었던 일, 화단에 소변을 보다가 걸려서 단체로 18L 통에 전체 훈련병의 소변을 받아 물 잔에 한 컵씩 먹었던 일 등, 그때는 다들 훈련받는 병사들이라 이렇게 훈련을 받아야 하는 줄 알았다. 지금 생각해 보면 요즘 군대에서 그렇게 했다가는 큰일 날 일이다.

훈련 4주 차를 다 받고 그해 12월부터 해양경찰 관련 교육을 받기 위해 부평 경찰종합학교로 이동해 해양경찰에 대한 교육을 받기 시작했다. 훈련소와는 사뭇 다르고 편안했다. 아직 군인 신분이지만 자유가 조금씩 주어져 전경 동기들과 많은 추억을 만들며 지냈다. 이곳은 경찰관이 되기 위해 신임 일반경찰, 해양경찰, 기존 경찰관들이 교육을 받는 곳이라 땀과 열정이 곳곳에 보이며 특히, 신임 여자 경찰관들의 교육 내용이 보기 좋았다. 군사 훈련도 병행하는 과정으로, 처음에는 다소 약한 모습을 보이다가도 시간이 가면서 강인한 정신력을 겸비한 전사처럼 변화하는 것을 보고 훈련이 사람을 바꿀 수 있다는 생각이 많이 들었다. 경찰 교육을 같이 받았던 동기들은 전국의 경찰서로 배치받아 흩어졌다. 동기들 중 특히, 한 명의 동기가 많이 생각난다.

이 친구는 나와 같은 곳에 자대 배치를 받은 친구로 이름은 한인수이다. 기초 군사 훈련을 받을 때부터 동기들 사이로 일명 고문관으로 통했던 친구다. 항상 무엇을 하든 조금 부족해 보여 동기들이 그렇게 불렀던 것 같다. 훈련을 받을 때 항상 꼴등을 하는 바람에 단체 기합을 받은 적이 한두 번이 아니었다. 동기들이 항상 마음속으로 '조금만 더 힘내, 조금만 더 버텨 줘.'라며 응원했던 것이 생각난다. 자대 배치를 받고 난 후에는 그렇게 행동하지 않아, 군대 훈련이 많이 힘들었구나 하는 생각이 든다. 세월이 흘러 현재는 대전에서 큰 화장품 도매업을 하고 있고 돈도많이 버는 잘나가는 친구가 되어 가끔씩 전화 통화를 하고 있다.

경찰종합학교 교육을 끝으로 나를 포함한 동기들은 통영해양경찰대(현재는 통영해양경찰서)로 배치를 받았다. 인솔자와 무궁화호 기차를 타고 부산으로 이동, 부산 도착 후 경찰서 버스를 타고 통영으로 가는 일정으로 우리는 기차에 올라 이동했다. 5시간 이상을 달려 부산에 도착했고, 버스로 통영까지 이동했다. 동기들 모두 긴장한 얼굴로 통영에 도착했다. 일주일간의 부서 배치 전 사전 교육을 받기 위해 경찰서에 짐을 풀었고, 짐을 풀고 난 뒤 늦은 저녁 식사를 위해 식당으로 이동했다.

식당은 전투경찰만 사용하는 약 30명 정도의 인원이 사용하는 크기의 식당으로, 전투경찰 선임이 요리한 음식으로 식사를 했다. 일부 선배들이 들어와 이것저것 물어보았다. 특히, 후임이 선임에게 인사를 하면서 "아시까."하며 경례를 붙이는 걸 보고 처음엔 그게 무슨 말인지 몰랐다. 나중에 안 사실이지만 "안녕하십니까?"를 줄여 "아시까."라고 했다고 한다. 우리들에게 관심이 제일 많았던 사람은 첫 후임을 받았던 선임으로, 질문이 많았다. 집은 어디냐? 요리를 할 줄 아느냐? 무슨 일을 했느냐? 등 여러 가지를 물어봤다. 그러다 보니 곧 취침해야 할 시간이 되었다.

다음 날 경찰서장의 정신교육 후, 1주일간의 소양 교육을 마친 동기들을 각자 배치받은 경비함정으로 흩어졌다.

나는 25톤급 소형 함정에 배치받아 취사원으로 군 생활을 시작했다. 배치받은 곳의 선임들이 우리가 배치받기 무섭게 요리를 할 줄 아느냐고 물었다. 나는 할 줄 안다고 답했다. 언제 요리를 해 봤느냐고 말해 군대 입대를 하기 전에 레스토랑 부주방장을 하고 왔다고 하니, 선임들이 엄청 좋아하면서 다가오는 첫 주말에는 어떤 요리를 할 거냐? 물어 돈가스를 만든다고 했다. 그 시절에는 돈가스란 요리는 주로 고급 음식점 또는 레스토랑에서만 먹을 수 있는 비싼 음식으로 선임들은 기대하는 눈치였다.

시간이 흘러 첫 주말이 다가왔다. 나의 첫 요리로 돈가스, 고기 수프를 끓여 식탁에 준비하고, 밖에서 기다리는 선임들에게 식사가 준비되었다고 했다. 들어와서 하는 말은, 이런 것은 처음 먹어 본다며 먹기 시작했다. 다들 정말 예술이라고 극찬과 동시에 우리 부서에 후임을 잘 받았다며 주변 선임들에게 자랑해 매주 주변 선임들까지 찾아와서 오늘은 어떤 요리인지 궁금해하며 여러 종류의 음식을 만들게 했다. 다들 시중에서는 먹어 보지 못한 요리를 해서 먹었던 생각이 나고, 덕분에 선임에게 귀여움 많이 받고 군대 생활을 했던 기억이 난다.

선임들이 막내들이 버릇이 없다며 점호 시간, 기름을 공급하는 유류 바지 기관실로 각 함정 취사원을 불러 구타하며 교육시켰다. 그 시절에는 구타가 많이 있을 때다 보니, 어떻게 견디며 생활했는지 지금 생각해 보면 신기할 정도다.

그렇게 세월이 흘러 일경, 상경(일반군 계급으로 일병, 상병)을 달면서 해상에서 일어날 수 있는 각종 사고를 경험하고, 발령을 받아 경남 삼천포 일대 바다에서 책임지고 있는 배속정에 배치받아 생활하면서 일어났던 일들을 회상하며 잠시 이야기를 해 볼까 한다.

우리가 정박하고 있었던 삼천포 부두는 부산 자갈치처럼 부둣가에 포장마차들이 많이 모여 있는 곳이었다. 야간에는 술 마신 사람들 사이에 싸움도 많이 일어나고, 폭행 같은 사건이 많이 일어나는 곳에 있

나의 직업은 해양경찰이다

어 애로사항이 많았다. 대민봉사 차원으로 많은 일을 했던 것이 생각이 난다. 특히 기억에 남았던 일 한 가지만 말해 볼까 한다. 부둣가 일대에는 생활이 어려운 분들이 리어카 포장마차를 많이 하고 있다. 대부분 우리들 어머니뻘의 주인이 장사하는 곳으로, 야간에 싸움으로 기물이 파손되면, 배속정에 소속된 전투경찰들과 함께 망치와 못을 들고 파손된 의자, 리어카를 수리해 주면서 장사하시는 아줌마들과 유대 관계를 돈독히 하고 지냈다. 어떤 전경은 엄마라고 부르면서 지냈던 걸로 기억한다. 다들 아들이나 다름없다며 먹고 싶은 것 있으면 언제든지 말하라고 하며 솜씨 좋은 아주머니들의 음식을 먹었던 일들이 많이 생각난다. 그렇게 세월이 흘러 제대가 점차 다가오는 것을 느끼며 군제대 후 어떤 직업을 가질까 하는 고민에 빠져 있을 때, 경찰관 시험을 준비할 수 있도록 든든한 후원자 역할을 많이 하신 김○○ 선배님의 배려로 해양경찰에 지원하게 되었다. 얼마 후 제대한 나는 약 한 달간 집에서 쉬던 중 합격 통지서를 받고 부평 경찰종합학교로 올라가게 된다.

6화

사회 초년생의 첫 직업,
해양경찰관이 되면서

1992년 12월 26일. 군대를 갓 제대한 24살의 나는 해양경찰관이 되었고, 교육을 받기 위해 인천에 있는 부평 경찰종합학교로 올라갔다. 우리는 입사하기 전부터 다들 운이 좋았다. 보통은 교육을 받고 나서 임용이 되나, 우리는 상기 일자로 임용되어 3개월간의 교육을 수료하고 정식 경찰관이 되었고, 전국 해양경찰 관서로 발령받아 국가와 국민을 위해 봉사하는 경찰관으로 재탄생했다. 보통 바로 임용되는 경우는 드물다. 육상경찰은 당시 6개월 정도의 교육 후 임용되는 경우가 대부분이고, 우리처럼 이런 경우는 없다. 임용이 바로 됐기 때문에 월급을 정상적으로 받으며 교육에 임하면 됐는데, 육상경찰은 월 6만 원의 교육비만 받았다. 주변의 육상경찰들은 왜 해양경찰은 월급을 받고, 자기들은 약간의 교육비만 주냐고 말들이 많았다. 충분히 이해할 수 있는 일이었다. 대부분 교육을 받기 하루 전에 입소하여 정해진 방으로 가서 짐을 푼 다음, 처음 본 동기들과 인사를 나눈 후 내일을 위해 경찰 복장을 정비하고 일찍 잠들었다.

다음 날 아침 경찰 정복을 입고, 해양경찰관으로서의 첫날을 시작했다. 운동장에 모여 주변을 둘러보니 신임 일반 여자 경찰관, 해양경찰 의경반 및 교육을 받기 위해 온 기존 경찰관 등 약 500명 정도가 운동장에 모여 있었다. 학과 출장 보고 후 배정된 강당으로 이동, 각 분야별 전문 교육을 받는다. 처음 교육을 받는 우리는 생소한 것들이 많아 열정을 가지고 열심히 배우기 위해 집중했다.

시간이 지나 점심시간이 되었다. 식사를 하는 곳에는 여러 반찬이 있었다. 그곳은 뷔페처럼 먹을 만큼의 양을 떠서 먹는 곳이었다. 우리는 식사를 마치고 잠시나마 쉴 수 있는 휴게실에 모였다. 경찰관이 되면 무엇부터 해야 하는지 이야기를 나눈 후, 오후 학과를 위해 강당으로 이동해 남은 교육을 받았다. 동기들은 힘든 첫날의 경찰 교육을 마쳤다. 우리는 저녁 식사 후 침실로 돌아와 샤워를 마치고 다음 날을 위해 깊은 잠에 빠졌다.

매일 경찰 관련 수업 일정을 소화한 우리에게 매주 수요일에 시행하는 첫 외박의 날이 다가왔다. 주머니에 두둑한 얼마의 돈을 가지고 삼삼오오 뜻이 맞은 동기들과 부평 시내로 나가 여러 곳을 돌아다녔다. 동기 2명과 부평 시내에 있는 고기류를 파는 음식점에 들어가 회식을 했다. 어디 경찰서에 지원할 건지에 대한 이야기꽃을 피우며 시간 가는 줄 몰랐다. 시간이 오후 10시를 넘어가고 있었다. 몸이 너무 지쳐 가고 있어 인근 모텔을 찾기 위해 음식점에서 나와 걸어서 부평시장 쪽으로 가고 있었다. 그때는 오후 11시를 지나고 있었다.

한동안 정신없이 걸어 부개사거리 부근까지 가게 되었다. 길 한쪽 모퉁이에 남녀 6명이 있는 곳에 시선이 집중되었다. 부개사거리 인근 도로에서 20대 중반 여성 주변에 남자들이 그 여자를 어디론가 끌고 가기 위해 여자의 손목을 잡고 있었다. 마침 우리가 지나갈 때쯤 무리 속에 있던 여자가 우릴 보고는 좀 도와 달라고 외쳤다. 여자는 이 남자들은 모르는 사람들이고, 어디론가 자신을 끌고 가려고 한다며 도움을 요청했다. 우리는 그쪽으로 가서 사람들에게 "무슨 일이냐?"고 물었다. 한눈에 보아도 다들 양아치처럼 보였고 나이는 약 20대 초반 정도로 보였다. 대략 그때 기억으로 5~6명 정도 있었던 걸로 기억한다. 그 무리 속에 있었던 한 사람이 우리에게 다가와 참견하지 말라며 이 여자는 내가 잘 아는 동생이니까 그냥 가라고 말했다. 나는 분명 여자분께서 우리에게 도와달라고 말했고, 경찰에 신고했으니 확인되면 보내주겠다고 했다. 경상도 사투리로 말하니 한 사람이 경상도 말투를 흉내 내며 계속 시비를 걸었다. 우리보다 어린 친구인 것 같은데, 조용히 마무리하자고 했으나, 계속 시비를 걸어 도저히 참을 수가 없었다.

나는 화가 머리끝까지 올라 한 녀석의 머리를 잡고 무릎으로 세 번 가격했다. 피범벅이 된 것을 보고 나서야 그 녀석을 벽 쪽으로 밀어 버렸다. 동행한 동기들에게도 계속 시비를 걸어 참다못한 동기도 상대에게 주먹과 발을 이용해 상대 턱을 타격하여 바닥에 엎어지게 만들었다. 나중에 안 사실이지만, 경찰관으로 들어오기 전 프로 격투기를 하다가 들어온 형님으로 정말 펀치나 킥이 빨라 한번 맞으면 충격이 클 것 같았다. 동기 한 명은 나이가 좀 있어 어디론가 사라져 버리고 없었다. 결국은 둘이 싸우고 있었다. 양아치처럼 행동하는 한 명이 골목 어디론가 가더니 다른 무리를 데리고 왔다. 다 합쳐 13명이 되어 13대 2로 붙게 되었다. 그 형님에게는 8명, 나는 6명이 붙어 싸우고 있었다. 나는 뒤에서 날아 들어온 주먹에 뒷머리를 맞아 가며 앞만 보며 싸웠

나의 직업은 해양경찰이다

고, 형님은 차 위에 올라가 발과 주먹을 번갈아 내지르며 싸우고 있었다. 마치 홍콩 영화와 같은 장면을 연출하며 우리는 40여 분간 싸웠다. 형님과 맞서던 상대 중 3명은 자기들이 항상 가지고 다니던, 손에 딱 맞는 쇠 파이프를 들고 대항했고, 나와 싸우던 상대 중 6명은 주먹만 사용하며 실랑이를 벌였다.

시간이 한참 흘러 체력이 고갈 직전까지 갔다. 나는 점점 밀리며 뒤로 넘어졌다. 위에서 여러 사람의 발길질에 당하면서도 이대로 있다간 죽을 수도 있겠다는 생각이 들었다. 일단은 도망을 가고 보자는 생각이 들어 신속한 몸놀림으로 일어나 앞에 있던 남자의 얼굴을 타격하고 부평시장 쪽으로 도망갔다. 시간이 조금 흘러 진정이 된 나는 다시 그곳으로 가 보니 형님만 있고 양아치 무리는 없었다. 지금 생각해 보니 그 형님한테는 적수가 되지 않아 다 도망간 것 같았다. 돌아온 나를 보며 어디 안 다쳤냐고 물었다. 그때 당시 나는 이빨이 조금 깨지고 뒷목이 엄청 부어 있었고, 형님은 그 사람들이 사용한 쇠 파이프로 인해 귀 뒤쪽에 상처를 입었다. 구해 준 여자는 고맙다는 말을 건넸다. 그 여자를 귀가 조치 한 후, 아픈 몸을 이끌고 모텔로 향했다.

지금 생각해 보면 더 큰 상황으로 번졌으면 현재의 경찰 생활을 유지하고 있을까 생각이 든다. 다시는 싸움은 하지 말자고 다짐하며 아침에 경찰학교로 복귀했다. 다음 경찰 교육을 받으며 시간이 흘러 신임 경찰 교육을 무사히 수료했다. 각자의 근무지를 선택하고 약 4일간의 휴가를 집에서 보낸 후 1993년 5월 3일 발령지인 인천해양경찰서 서장실에서 전입신고를 마치고, 소속 부서인 60톤급(77정)으로 이동하여 첫 해양경찰관의 임무를 수행하게 되었다.

나의 직업은 해양경찰이다

7화

60톤급 경비함정의 추억

1993년 5월 3일 해양경찰관으로 입사하여 첫 발령지로 인천해양경찰서에 소속된 60톤급 함정에서의 생활이 시작되었다. 기억을 더듬어 이야기해 볼까 한다. 이 경비함정은 총 16명이 승선하는 배로 경찰관 10명, 군 생활을 하는 전투경찰 6명이 생활하는 중형 함정과 소형 함정의 중간형 함정으로 최대 28노트(육상 60km)의 빠른 속력으로 해상을 누비는 배이다. 지금은 역사 속으로 사라진 배로, 그 당시는 좋은 함정으로 이름을 날리던 배이며 무장은 좌우 탄창 30발씩 장전할 수 있는 20m/m 마크포 2문과 M-60 2정 보유하여 서해 해상을 지키는 배로 3척이 운영 중이었다. 나는 경찰관들과 서로 인사를 나누고 첫 직장의 일을 시작했다. 처음 생활하는 곳이라 어떻게 해야 할지 많은 것들을 힘들어했다.

나는 해수양계 학교를 다니면서 기관(엔지니어) 전공을 하다 항해 직별로 변경했기 때문에 항해 장비 등 전부 생소했다. 선배들에게 많은 도움을 받아 일을 배웠다. 배를 조종하는 조타실에는 지금은 사용하지 않는 알파 레이더, 기관 계기판과 속력을 제어하는 레버 등이 있었고 벽에는 해도판이 붙어 있는 아주 작은 공간에서 약 2년간 생활을 해야 해서 걱정이 많았다. 그때의 정장(캡틴)은 키 185의 건장한 체격을 가진 강○○ 정장으로 우리에게 시골의 아저씨처럼 밝고 늘 웃으시는 인자한 사람으로 기억되며 손○○, 윤○○ 선배 등도 많이 생각난다. 좋은 선배들을 만났던 것이 나에게는 복이 아닐 수 없었다.

나의 직업은 해양경찰이다

1993년 5월 9일 첫 출항의 기적 소리가 인천항에 울려 퍼지고 해경 전용 부두를 나와 우리가 경비를 해야 하는 만도리 구역으로 항해를 시작했다. 근무 당직은 4시간씩 3교대로 방식으로 근무한다. 나는 아무것도 모르는 신임 순경이라 베테랑 선배와 같이 근무했다. 3시간의 항해 끝에 나의 첫 당직 시간이 다가왔다. 나는 조타실로 올라가 업무 인수를 받고 근무를 시작했다. 만도리 구역을 가기 위해서는 다음 사진과 같은 수심이 낮은 곳이 많기 때문에 수심이 깊은 곳을 찾아서 올라가야 우리 경비 구역으로 갈 수 있다.

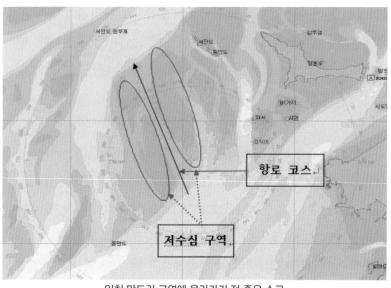

인천 만도리 구역에 올라가기 전 좁은 수로

위 사진과 같이 이곳의 하단 구역에 도착하여 수심이 좋은 곳을 골라 올라가던 중 레이더를 보고 있는 윤 선배의 지시에 따라 나는 3분 교차방위법(우리 위치를 나타내기 위한 측정법)을 이용해 이동하는 우리 배의 위치를 해도에 표시하며 항해 중이었다. 약 20분을 항해하다 일이 터지고 말았다. 레이더를 보던 윤 선배가 조타실 상부에서 운전 중인 손 선배에게 다급하게 왼쪽은 저수심 구역이니까 접근하지 말고 오른쪽으로 키(운전대)를 돌리라고 외쳤다.

조타실에서도 운전할 수 있으나, 시야가 낮아 대부분 해군처럼 시야가 잘 보이는 상부에서 운전한다. 위에서처럼 키를 오른쪽으로 변침(코스 변경)하라는 말을 잘못 알아들어 왼쪽으로 돌려 수심이 낮은 구역에 좌주(낮은 바닥 지면에 배가 올라가 있는 현상)된 것이다. 배의 충격으로 밑에 있던 정장(캡틴)이 올라왔다. 위의 내용을 설명하고 듣던 정장은 말했다.

우리 때문에 우리와 교대하는 근무 배가 복귀를 못 하는 일이 생겼다며 걱정의 눈빛이 역력했다. 잠시 눈을 감고 생각하시던 정장은 전화로 상황실과 교대 함정에 보고하고 물이 들어오기를 기다릴 수밖에 없다며 지켜보자고 말했다. 약 3시간이 흘러 물이 다 빠진 상태가 되어 아래에 사다리를 타고 내려가 보니 모래 언덕 위에 있는 경비함정의 모습을 보고, 바다에서는 이런 일도 일어날 수 있구나 하는 생각이 들었다. 선배들도 종종 일어날 수 있는 일이라고 했다. 그렇게 우리는 장시간의 시간이 흘러 물이 들어오기를 기다렸고, 물이 어느 정도 차기 시작하여 보드후크(나무로 만들어진 갈고리)를 이용해 배를 밀어 빠져 나왔고 우리가 경비해야 할 구역으로 이동했다.

첫 경비를 하던 날이 지금도 많이 생각난다. 4박 5일간의 첫 경비를 마치고 인천 전용 부두에 입항한 우리는 제반 정리 후 퇴근 시간이 되었다. 막내 입사 회식을 위해 동인천에 위치한 음식점(갈비)에서 환영회를 열어 주었다. 회식을 하면서 첫 출동에 대한 소감과 선배들의 많은 조언을 가슴에 새기며 오늘의 일정을 마무리했고 다음 날 근무를 위해 다들 집으로 갔다.

나는 아직 집을 구하지 못해 배로 들어와 잠을 청했다. 다음 날은 휴무로 어머니께서 보내 주신 옷 양복 구입 티켓을 가지고 백화점으로 쇼핑을 갔다. 시내에는 쇼핑하는 사람들로 활기가 넘쳤고 백화점 안에도 사람들이 넘쳐나고 있었다.

양복 2벌을 구입하고, 인천은 처음이라 시내를 곳곳을 구경하러 이곳저곳을 다녔다. 나는 집과 떨어져 혼자 외로움을 많이 느끼며 시간을 보냈다. 시간이 흘러 점심시간이 다가와 인천 소재에 위치한 동인천 인근 시장 주변의 한 중화요리를 전문으로 하는 음식점에 들어가 자장면을 먹고 혼자 영화를 보고 난 후 일찍 배로 돌아갔다. 어머니가 사주신 양복 2벌을 옷장 한구석에 넣고, 군 생활을 하는 전투경찰들과 축구를 하면서 시간을 보냈다. 밤이 깊어져 피곤에 지친 나는 샤워를 하고 내일을 위해 깊은 잠에 빠졌다.

해가 저물어 가는 인천해양경찰서 전용 부두 앞 방파제

다음 날 아침, 인천 전용 부두 앞 방파제 등대 사이로 해가 햇살을 비추며 서서히 올라오고 있었다. 오전 8시가 되면서 집에서 쉬었던 직원들이 한 명씩 출근한 후 근무를 시작했다. 윤 선배가 물었다. "혼자 심심했을 건데, 어제 뭐 했냐?"고 물어 시내 쇼핑하고 양복 2벌을 구입하고 들어왔다고 하니, 놀라는 표정으로 살 집부터 마련하고 옷 종류를 구입하지, 하면서 놀라운 사실을 말해 주었다. 이 배는 어디에 숨어서 활동하는지 쥐들이 많다고 하며 옷이며 여러 물건을 훼손한다고 했다.

　　　　　　　　　　　　　　　나의 직업은 해양경찰이다

어떤 날은 자고 있을 때 발밑으로 쥐들이 왔다 갔다 한다고 말해 주며 어제 구입한 양복 상태를 확인하라고 했다. 옷장에 넣어 둔 양복을 본 순간 바지 하단에 큰 구멍이 나 있는 것을 확인했다. 정말 황당했다. 새 옷을 구입하고 한 번도 입어 보지 못하고 버렸다는 생각에 속상했다. 어머니가 힘들여 버신 돈으로 보낸 선물을 버렸다 생각하니, 정말 죄송한 마음뿐이었다. 어머니께서는 지금도 그 사실을 모르신다. 약 1년이 넘어, 어느 정도 일에 대한 전문성을 가진 나는 내 밑으로 후배 경찰관이 들어와 전 선배들처럼 똑같이 대우해 주었다. 시간이 흘러 나는 다음 발령지 100톤급 함정으로 이동하게 되었다.

8화

북한 하급 병사와의 만남

1996년 8월경 여름 100톤급 경비함정에서 근무할 때의 일이었다. 100톤급 경비함정은 경찰관 포함 약 10명이 근무한다. 주로 인천 옹진군 소재 연평도 하단에서 덕적도 해상 구역을 경비하고 있었다. 그때 8월 14일 오전 8시에 상황실로부터 급한 지시가 내려왔다. 연평도 하단에 의심스러운 작은 배가 있다며 확인을 하라는 지시가 내려와서 전속력으로 이동하기 시작했다. 소요 시간 약 2시간 정도 항해를 해야 도착하는 거리였다. 정장 이하 경찰관은 무슨 일이 있나 생각하며 통상적으로 미확인 선박을 확인하기 위해 사전 준비를 갖추며 이동했다. 한참을 달려 도착 30분을 남겨 두고 외부 갑판에서 예인을 할 수 있는 상황이 있을 우려가 있으므로 로프(예인색)를 준비하기 위해 나와 갑판을 책임지고 있는 경찰관, 전투경찰 총원이 준비 작업에 착수했고, 도착할 때까지 대기했다. 나는 입사 3년 차로, 부갑판사(안전팀원)임무를 맡고 있었다.

　식당에서 대기 중에 해당 구역에 오전 10시에 도착했고, 저 멀리 보이는 작은 배를 탐색하기 위해 쌍안경으로 확인해 보니, 국내 어선과는 좀 달라 확연하게 분별이 되었다. 이것은 분명 북한에서 내려온 선박인 것을 직감했다. 우리는 속력을 줄이고 그 배가 있는 곳을 서서히 조심스럽게 접근했다. 배가 점차 확인할 수 있는 시야까지 들어와 주변을 탐색해 보니, 배 위에는 사람의 흔적이 전혀 보이지 않았다. 약 20m 거리까지 접근하고 있을 때 작은 배 밑 선창에서 사람이 한 명 나오는 것이 목격되어 자세히 확인해 보니 북한 군복을 입은 북한 병

　　　　　　　　　　　　나의 직업은 해양경찰이다

사로 확인되었다. 만일에 대비해 조타실 내부에 탄창 30발이 장전된 M16 소총을 비치하고 그 배와 계류(접안)하기 위해 속력을 줄이면서 접근했다. 그 북한 병사와의 거리는 약 10m의 거리밖에 되지 않았다. 우리가 계류할 수 있도록 유도하는 등 계속 말을 걸었다. 북한 병사에게 말했다. "자유를 찾아 남쪽으로 내려왔느냐." 물어도 대답하지 않았다. 자세히 북한 병사를 살펴보니 약 4~5일간 해상에 표류하다 남쪽으로 흘러 우리에게 발견되었던 것 같았다. 얼굴이며 옷이며 안 씻어 엉망인 채로 발견되었고 며칠을 아무것도 먹지 않은 것처럼 보이는 상태였다.

우리가 계속 접근하려고 했으나 북한 병사는 겁을 먹고 있는 눈치였다. 몇 번의 시도 끝에 북한 병사는 우리가 던져 준 줄을 비트(배를 줄로 묶어 두는 곳)에 걸어 접안을 완료하고 북한 배로 가려고 할 때 갑자기 북한 병사는 "내려오지 말라우."하면서 바닥에 있던 손도끼를 마구 휘둘러 접근을 못 하게 했다. 아무리 말을 해도 듣지를 않았다. 우리 배의 승조원 모두에게 멘탈 붕괴가 오기 시작할 때쯤, 점심시간이 다가온 것을 확인한 나는 어떤 묘수를 떠올렸다. 나는 100톤급 함정을 책임지고 있는 정장에게 내 계획에 대해 알려 주고 오케이 사인을 받은 후, 배 안에 있던 온갖 재료로 만든 음식을 준비했다. 그리고 바람을 등지고 서서 준비된 음식의 냄새를 북한 군인이 맡을 수 있도록 했다.

그 병사는 처음엔 접근조차 못 하게 하며 말을 듣지 않았다. 그러나 배가 고파 정신을 못 차리는 사이, 정장이 뛰어내려 그의 손을 잡고 "비록 남과 북이 떨어져 있지만, 나는 당신의 아버지뻘 나이다. 고생 많았다."라며 다독였다. 그 말을 들은 북한 병사의 눈에서 눈물이 흐르고 있었다. 우리는 북한 병사를 배로 승선시키고 식당으로 데리고 가서 일단은 식사부터 할 수 있도록 했다.

우리는 그 북한 병사를 위해 밥을 가득 그릇에 담고 불고기, 배추쌈을 가까운 곳에 두어 여러 반찬과 함께 먹을 수 있도록 했다. 병사는 처음에는 먹지 않았다. 우리는 괜찮다며 먹어도 된다며 마음을 진정시켰고 그 병사는 조금 안정되는지 밥을 먹기 시작했다. 그 많은 밥을 순식간에 먹는 모습을 보니 양이 부족해 보여 밥을 더 담아 먹도록 했다. 그날 북한 병사는 밥을 가득 담은 3그릇과 반찬을 먹었던 걸로 기억한다. 밥을 먹으면서 배추를 보고 얼마 만에 먹어 보는 배추인지 모르겠다고 했다. 북한에는 산과 들에는 나무 등이 많이 없으며, 주로 감자, 옥수수를 재배하는 곳이 많고 이런 배추는 일정 구역에만 있어 일반 북한 주민들은 먹어 볼 기회가 많이 없다고 했다. 식사를 마친 북한 병사에게 커피를 한 잔 주면서 남쪽으로 내려 온 경위와 귀순 여부를 물었다.

북한 병사는 천천히 말했다. 자기는 하급 병사로, 주로 밖에 있는 배로 수심이 낮은 물속에서 멍게, 해삼, 조개류를 채취해서 위에 상납하

나의 직업은 해양경찰이다

고 군 생활을 하며 지내고 있다고 말했다. 이 배에는 원래 자신을 포함하여 3명이 근무하는데, 표류하던 그날에는 다른 동료도 없었다고 한다. 당직 날 배 밑에서 자고 있는데, 배가 많이 흔들려 밖을 보니 바다에 있었다고 했다. 배를 묶어 두는 비트에 고정을 잘못해서 표류한 것으로 생각된다며 말했고 4~5일이 지나 남쪽 해상으로 내려 온 것 같다며 말했다. 조사를 맡은 우리 배 경찰관은 다시 물어봤다. 지금 남쪽 해상으로 내려왔는데 귀순을 할 생각이 있냐고 물으며 귀순자의 대우, 과거 귀순한 사람들을 들려주며 물어보니, 자기는 귀순할 마음이 전혀 없다며 가족이 있는 북한으로 돌아가기를 계속 원했다. 한참의 시간이 흘러 북한 병사는 또 배가 고프다고 해 라면 3개를 끓여 주었다. 너무나 잘 먹는 모습이 생생하다. 우리는 북한 병사를 승선시키고 인천 전용 부두로 전속력으로 항해를 시작했다.

약 4시간이 소요되는 거리였다. 인천항이 다가오자 갑자기 북한 병사의 마음에 동요가 일어나고 있었다. 북한 병사가 말을 했다. 마음을 진정시킬 수 있는 술이 있느냐고 말했다. 배에는 술이 없다고 말했지만 자꾸 마음에 변화가 생겼다. 해상에는 많은 사람들이 죽은 채로 발견되어 인양되는 경우가 많아 망자를 위한 향, 쌀, 약간의 소주를 싣고 다니는 경우가 있다. 할 수 없이 잔에 한 잔을 주어 마음을 안정시킬 수 있었다. 바다를 위를 항해할 때 북한 병사의 돌출 행동을 예방하기 위해 나는 주머니에 수갑을 가지고 있었다. 그날도 만일을 대비하기 위해서 옆에 붙어 동선을 파악하고 있었다. 그렇게 식당에서 조타실 방향으로 이동하기 위해 걸어가는 중 갑자기 외부 출입문을 여는 행동을 보여 그 병사의 안전을 위해 수갑을 채울 수밖에 없었다. 잠시 후 나를 보면서 북한 병사는 돌변한 날카로운 눈빛으로 째려보는데 그 때의 모습은 마치 늑대의 눈빛 같았다. 나에게 막지 말라며 바다에 몸을 던지겠다 하는데, 지금도 그 병사의 일굴이 생각난다.

수갑을 채운 후 해양경찰 부두에 정박하기 전까지 몸을 잡고 대기하다 입항 후 국정원 직원을 통해 인계하고, 우리는 다시 해상 경비를 위해 서해 바다로 항해를 시작했다. 그 일이 있고 난 후 약 한 달이 지나서 그 병사가 판문점을 통해 만세를 부르며 들어가는 모습을 방송 TV로 확인했다. 그때의 일을 회상하며 언젠가 꼭 남과 북이 통일이 되어 한 민족으로 다 같이 살 수 있는 좋은 날을 기대하며 이만 줄일까 한다.

9화

러시아 선박 응급환자 후송 후
화재 발생

1997년 2월경 그리운 고향인 부산으로 전출되어 부산해양경찰서 30톤급 소형 함정인 P-18정에 근무를 할 때를 회상하며 이야기를 해 볼까 한다. 부산 지역은 6월이 되면 동남아 지역 하단에서 올라오는 태풍이 많아, 6월은 태풍의 계절이라고 다들 말하곤 한다. 1997년 6월 15일 경비를 하기 위해 부산 전용 부두를 출항한 우리는 그날의 해상의 날씨가 많이 나빠서 남항부두 안쪽 구역인 조선소가 위치한 영도굴항(작은 계류장)이라는 곳에 대피하고 있었다. 같은 날 오후 22시경 상황실로부터 급한 지시가 하달되었다. 남항부두 앞 해상에 정박하고 있는 러시아 선원 1명이 숨을 잘 쉬지 않는다며 병원으로 응급 후송하라는 지시에 우리는 비트에 묶여 있는 줄을 풀고 남외항에 정박하고 있는 러시아 국적의 선명 스타 호란 배를 찾기 위해 출항했다.

당시는 기상이 많이 안 좋은 상태로 해상에는 1.5에서 2m의 파고가 일고 있었고, 바람은 초속 8에서 10m/s의 바람을 동반한 아주 안 좋은 날씨 속에서 어려움을 호소한 러시아 선원을 위해 어둠과 파도를 헤치며 천천히 이동했다. 남외항에 정박하고 있는 배를 발견하고 접안하기 위해 접근했으나, 기상 불량으로 접안(배와 배끼리 붙이는 일)이 어려운 상태였다. 할 수 없이 그들이 배 현 측에서 내려 준 사다리를 타고 동료와 함께 올라갈 수밖에 없었다. 신고한 배는 러시아 상선으로 약 2만 5천 톤의 아주 큰 배로 현 측의 높이는 아파트 7~8층의 높이였기 때문에 사다리를 타고 올라가는 것은 아주 위험한 행위가 아닐 수 없었다.

그러나 우리는 환자의 상태를 확인하고 병원으로 후송시켜야 하는 사명감이 있기에 밑을 보지 않고 천천히 올라갔다. 올라간 동료와 환자의 상태를 확인하고 응급조치 실시 후 병원으로 후송이 필요하여 러시아 선박을 책임지고 있는 선장을 통해서 응급환자를 우리 배로 옮기는 방법을 상의하고 배에 설치된 기중기(중량의 무게의 물건을 옮기는 장치)로 배 밑에서 받아 이동하는 것으로 최종 결론을 내고 하선 작업을 실시했다. 안전하게 경비함정에 태워 119구급대로 인계하기 위해 부산 남항 도선 계류장까지 이동했다.

50톤급 함정에서 응급환자를 이송하는 장면

약 20분을 항해해서 부산 공동어시장에 도착, 119구급대에 인계하고 다시 피항 장소로 이동하면서 배 위에 설치된 기관실 위 상부 배출구 뚜껑이 닫혀있는 것을 확인했다. 이상해서 뚜껑을 살짝 여는 순간 기관실 배선 쪽에 불이 붙어 있는 것을 발견했다. 조타실에 보고 후 총원이 화재 진압을 위해 경비함정에 비치한 소화기 등을 가지고 기관실로 들어가기 위해 대기했다. 대기 중 불이 붙어 있는 곳으로 들어가기를 망설이는 직원들 틈에 직업의식이 투철했던 기관을 책임지고 있는 기관장이 제일 먼저 들어갔고, 우리는 소화기 및 제반 화재 진압 장구를 지원하면서 기관실 내 붙어 있는 화재를 진압하게 되었다.

선박에 화재 진화 중인 해양경찰

정확한 피해 확인을 위해 엔진 하나로 대기 장소로 이동했다. 소형 경비정을 안전한 장소에 계류하고 기관실 내 피해 사항을 확인하기 위해 상태를 확인해 보니 기관실 우측 전기 배선 전부가 타서 수리가 시급한 것을 알았다. 정장 등 경찰관 및 전경 총원이 경찰서 보고 후 날씨가 안 좋은 날 대기할 수 있는 장소 옆에 위치한 삼선 조선소 수리 관련 책임자에게 의뢰한 다음 약 7일간 수리했다. 지금도 그 당시 조금만

나의 직업은 해양경찰이다

늦게 발견되었으면 승조원의 목숨도 담보할 수 없는 상황으로 갔을 것이라는 생각이 머릿속에 남아 있다. 지금도 가끔 옛날 생각이 많이 나고, 같이 근무한 동료들이 많이 생각난다. 지금은 다들 퇴직을 하고 제2의 삶을 살아가고 있는 동료들이 건강하게 잘 살고 계시길 기도하며 이야기를 마친다.

10화

꼼짝 마, 총원 그대로 있어?

2000년 2월 29일부터 2003년 2월 8일까지 부산해양경찰서 형사기동정에 근무할 때의 일이다. 각종 유형의 단속 및 강력범죄를 다루는 육상의 형사 기동대와 마찬가지로 해상에서 활동하는 배로, 총 8명이 근무 하는 곳이다. 2001년의 일이 생각난다. 그때는 서해 군산에서부터 남쪽 울산 해역까지 중국인을 탑승시켜 국내 밀입국 시도가 빈번하게 일어났던 시기로 2001년 5월 12일로 기억한다.

2001년 5월 10일 국정원을 통해 해양경찰서로 정보를 받았다. 부산 남, 선명이 불분명한 외항 화물선이 밀입국자 다수를 태우고 밀입국을 한다는 것이었다. 당일 저녁 8시 해양경찰 특공대 요원 10명을 태워 전용 부두를 출항하여 밀입국 의심 선박 입항 구역으로 이동하면서 평상시 하는 검문을 핑계로 접근, 화물칸 속에 숨어있는 밀입국자를 색출하라는 내용이었다.

부산 남외항 해상에 정박하고 있는 화물선

나의 직업은 해양경찰이다

약 2시간이 흘러 상황실로부터 지시가 떨어져 배에 설치된 항무 통신망(상선 및 선박 간 통화를 할 수 있는 통신기)을 이용 그 선박의 당직자와 잠시 검문을 하겠다고 말했다. 의심 선박의 당직자는 왜 이 야밤에 검문검색을 하느냐며 의심하는 것을 "그냥 통상적인 검문이다."라고 안정을 시킨 후 특공대 요원을 10명을 필두로 경찰관 4명도 같이 화물선에 올랐다.

사전에 어떻게 해야 하는지 작전을 세워 두고 있었기 때문에 나와 경찰관 2명과 특공대 요원 6명은 화물칸을 검색하고 일부 요원은 기관실 및 선내 검색을 시작했다. 책임자에게 안에는 어떤 물건이 있는지 물었다. 화물칸 내에는 유리를 싣고 다니는 배라고 안에는 유리 외에 아무것도 없다며 우리를 막으려 했지만, 이미 우리는 정보를 입수하여 검문검색을 하는 터라 상대방의 말이 전부 거짓말인 것을 알고 있었다. 일부 선원들의 이상 행동을 막기 위해서 일부 요원을 남겨 두고 특공대 포함 약 5명이 내려가 주변 검색을 했다.

약 10분을 화물칸 내를 검색하던 중 선적 물품인 유리가 보이는 오른쪽 구석에 옹기종기 모여 있는 다수의 사람을 발견하고 나도 모르게 "꼼짝 마, 총원 그대로 있어?"라며 특공대 요원들과 모여 있는 곳으로 이동했다. 당시 밖으로 나와 있는 남자, 여자 등 약 12명이 식사를 하고 있었다. 우리를 보고 놀라 어쩔 줄 몰라 하는 사람들을 통제하고 일부 밀입국자를 찾고 있었다. 밖에 나와 있는 중국 밀입국자에게 중국어 통역 직원이 나머지는 어디에 있느냐고 물으니, 중간에 유리방이 있어 그곳에 있다고 했다. 특공대 요원들과 함께 들어가서 보니, 유리를 선적한 중앙에 좁은 통로를 만들어 안에 약 5평의 공간에 남자, 여자 포함 약 58명이 있어 놀랐다.

약 40분간의 배 이곳, 저곳을 수색하고 최종 확인 후 인원을 파악 한 결과 남자 35명, 여자 23명 총 58명이 밀입국한 사례로 확인되었다. 모두를 경비함정에 편승(탑승)하여 경찰서로 인계를 위해 이동, 경찰서 앞 부두에서 상기 인원을 형사 요원 및 외사 요원에게 인계 완료했고, 우리는 본연의 임무를 수행하기 위해 다시 해상으로 나와 야간 임무 활동 후 입항 당직 근무자를 제외하고 가족이 있는 집으로 돌아갔다.

다음 날 업무를 위해 휴식을 취한 후 다시 반복된 업무를 하기 위해 경비함정을 타고 해상으로 출동했다. 당시 밀입국을 한 화물선이 있던 곳을 지날 때 갑자기 그 배 기관실 쪽을 확인하고픈 생각이 들어 정장(캡틴)에게 의사를 물어본 후 다시 동료와 함께 그 화물선에 올랐다. 기관실 구석구석을 확인하던 중 각종 유류 파이프가 있는 안쪽에 도저히 사람이 들어갈 수 없는 공간 속에서 한 사람을 발견했다. 나올 수 있도록 유도, 확인해 보니 약 20대 초반으로 보이는 청년으로 손에는 빵 봉지를 들고 얼굴과 옷은 엉망인 채로 있었다. 사람들이 모두 경찰서로 압송되어 혼자 빵으로 연명하면서 3일을 견디어 왔다고 했다.

나의 직업은 해양경찰이다

동생 같은 청년을 보니 참 뭐라 말은 못 하고 짐을 챙겨 경비함정으로 가서 우선 라면과 밥을 끓여 주고 경찰서에 인계했던 기억이 난다. 2020년 현재는 밀입국이 많이 줄어들었지만, 아직도 한국에서 돈을 벌기 위해 밀입국을 일부 시도하는 중국 사람들을 보면 위험한 해상으로 밀입국 시도를 안 했으면 하는 바람뿐이다.

11화

사기 수배자의 호소

1998년 7월경 부산해양경찰서 영도지서(현재의 영도파출소)에 발령받아 근무하는 곳은 작은 선착장(어선 및 여러 선박이 정박할 수 있는 곳) 안에 있는 경찰 관공서로 선박의 출입항 통제 및 각종 사고 처리 등 전반적 사건을 처리하는 곳이다. 때마침 여름철이 다가옴에 따라 영도 하리 선착장에는 이곳을 찾는 많은 관광객, 낚시 이용객 등 횟집 이용객들이 넘쳐났다. 주말이면 더 많은 인원이 몰리는 이 선착장에 근무할 때의 일이다. 동년 7월 24일 근무를 하기 위해 아침에 출근하여 그 전날의 업무 현황을 인수받고 제반 경찰 장구를 착용하고 파출소에 일부 인원을 제외한 영도 관내에 위치한 유람선 통제 업무를 위해 안전 관리차 해당 구역으로 외근을 나갔다.

부산 영도 하리선착장

나의 직업은 해양경찰이다

부산 영도 일대는 유람선 선착장이 4개 구역 태종대, 곤포, 등대, 감지해변으로 나누어져 있다. 이곳에는 유람선을 타기 위해 많은 사람이 몰리는 곳이다. 안전 통제 및 인명 구조 등 범죄 행위를 사전 예방 관리를 위해 경찰관 및 의경 1명이 한 조로 팀을 이루어 안전 관리를 한다. 평상시도 의경 1명과 통제구역인 태종대 감지해변 유람선 선착장 내 유람선 상대 승객을 초과해서 운항하는지, 안전 장구 비치가 완벽하게 되어있는지 등 제반사항을 체크한다.

부산 영도 감지해변 유람선 선착장

　오후 2시경이 되어 많은 사람이 유람선을 선착장 매표소에 표를 끊기 위해 줄을 서고 있다. 매표소 주변에 한 일행 속에 있는 한 남성이 눈에 들어와 주시하고 있었다. 남자는 주변을 두리번거리며 사람이 많은 곳은 가지 않으며 또한, 우리를 왠지 피하는 느낌을 많이 받았다. 어느 정도의 시간을 두고 유람선 관광을 하기 전에 불심검문을 해야겠다고 마음먹고 그 남성이 있는 곳으로 다가갔다. 우리가 접근을 시작하자 남자는 겁을 먹고 뒤로 가는 것이 보였다. 앞을 가로막으며 신분증을 제시토록 요구했다. 남자는 "왜 그러냐?"며 따지고 들었다. 나는 법 절차에 의거해서 신분증 제시 요구를 계속했으나, 남자는 신분증을 가지고 있지 않다고 하는 등 협조에 순순히 응하지 않아 뭔가 수상하다는 결론을 내고 임의동행을 요구, 파출소로 이동하여 재차 주민등록 제시 요구를 하니 포기한 듯 남자는 한숨을 내쉬며 주머니 속에 있는 주민등록증을 꺼내 주었다. 주민등록증을 받아 범죄 수배 여부를 파악하기 위해 컴퓨터 조회를 한 바, 부산 연산경찰서 A급 사기로 수배되어 있는 것을 확인했다. 임의 동행 남성을 상대로 미란다 원칙 고지 후 손목에 수갑을 채우고 수배 관서인 부산 연산경찰서 형사계에 통보하고 호송될 때까지 파출소에 대기하고 있었다.

시간이 흘러 저녁 식사 시간이 되었다. 수배자도 아무것도 먹지 않아 인근 음식점에 식사를 주문하고 음식이 도착하자 같이 식사하면서 수배자에게 물었다. 무엇 때문에 사기 전과로 수배되었는지를. 수배자는 눈을 감고 생각에 잠기며 말했다. 당시 자기는 직업은 없었고 금전적으로 어려웠다고 했다.

자기에게는 홀로 계신 어머니가 몹시 아파 병원 치료를 받아야 하는데 어떻게 해야 할지 막막했다고 한다. 주변 지인 및 이웃에게 어려움을 호소하여 조금씩 도움을 받았으면 좋았겠지만, 그렇게 하지 않고

나의 직업은 해양경찰이다

도와주는 사람들에게 사업 관련해서 돈을 투자하도록 하여 이들의 돈을 가로채 수배를 받게 되었다고 했다.

병원 수술비 등 많은 돈이 필요했기에 그렇게 할 수밖에 없었다고 울면서 말했다. 저한테 돈을 받지 못한 사람들에게 항상 미안한 마음을 가지고 있다며 취직을 해서 돈을 갚아야 하나, 어느 곳에서도 저를 받아주는 곳이 없어 도망 다닐 수밖에 없었다고 고백했다. 이 말을 듣고 있던 동료 경찰관은 아무리 그래도 범죄 행위를 하는 것은 용서를 받을 수 없다며, 요번 기회에 새사람이 되어 좋은 일 많이 하면서 살아야 한다고 반드시 좋은 기회가 있다며 등을 두드리며 용기를 북돋아 주었다. 시계는 저녁 10시가 되어 갔다. 부산 연산경찰서 형사계 형사들이 수배자를 인수하러 왔다. 형사 요원들은 사건이 많아 늦게 왔다며 미안하고 고생했다고 사과했다. 자리에 앉아 있던 수배자는 나가면서도 연신 인사를 하며 정말 고마운 말씀 많이 듣고 간다며 다시는 나쁜 행동 안 하고 착한 사람이 되겠다고 하며 호송차에 올라탔다.

호송차는 횟집이 모여 있는 좁은 골목길로 저 멀리 시야를 벗어났다. 수배자를 처리하고 동료들끼리 정말 안되었다며 착한 사람이 될 수 있는데 한순간의 선택을 잘못했다고 다들 안타까워했다. 조그마한 일도 남의 것을 탐을 내면 응당한 대가를 치를 수밖에 없다는 교훈을 생각하면서 그날의 기억을 접을까 한다.

12화

불법 면세유 횡령 사건을
처리하면서…

2001년 8월에도 부산 앞바다에서 벌어지는 각종 사고와 범죄 행위를 예방하기 위해 바다를 누비는 형사기동정에 근무할 때의 한 사건을 회상하며 이야기를 시작해 본다. 때는 2001년 8월 20일 부산은 온갖 종류의 화물을 싣고 입·출항하는 상선들이 많은 곳으로, 다음 행선지로 이동하기 위해 배에 사용되는 유류를 급유해야 하는 배들이 많다. 부산항에 계류 중인 상선에 유류를 공급하는 유류적재 선박은 부산에는 수십 척이 있다. 당일에도 형사기동정은 해상범죄 예방 활동차 해상 순찰 중에 상선에 유류를 공급하고 있는 유류적재 공급선(일명 '유조선')을 발견하고 계류, 검문검색을 하기 위해 선장을 본정에 승선시키고 법을 어겼는지 여부 파악을 위해 제반 서류를 검토하고 있을 무렵, 선박의 유류 적재량을 점검하고 있는 경찰관으로부터 연락이 왔다. 실제 주는 공급량 외에 탱크에 약 28톤의 여분의 유류가 발견되어 선장에게 물었다.

상선에 기름을 공급하기 위해 이동 중인 유류공급선

나의 직업은 해양경찰이다

세관을 통하여 받은 유류는 세관에서 허가받은 티켓의 양과 배에 적재하고 있는 양이 맞지 않는 것을 선장을 통해서 물어보니 말을 제대로 하지 못했다. 이를 수상히 여긴 나는 재차 물으며 배에 적재된 양의 기름은 어디서 나왔냐며 독촉하며 물었다.

한참을 고민하고 있는 선장은 시간이 좀 흐른 뒤 입을 열었다. 그 28톤의 기름은 중국 선적 '지양통'이라는 선명을 가진 선박에서 얼마의 돈을 주고 넘겨받은 기름이다, 라고 말했다. 나는 여죄를 밝히기 위해 더 집요하게 물었다. 어디서 어떻게 기름을 넘겨받았는지 자세하게 밝히라고 말을 하니 선장의 말에 의하면 부산 미화당백화점 일대에서 한화를 미화로 환전해 주는 암달러상에게 약 2,000불을 환전하여 당시 정박하고 있는 기관장 리 이자준(당시 50세)이라는 중국인 기관장에게 2,000불을 넘기고 자기 배에 28톤을 적재한 것을 실토했다.

우리는 증거 자료를 확보하고 면세유 횡령에 관한 법률 위반(위 기름은 가격이 싼 면세유(기름)를 국내 선박에 공급하여 부당 이익을 챙기기 위해 하는 행위)으로 조서를 꾸미고 검거 경위서와 함께 신병을 경찰서 형사계로 인계한 다음 우리는 사전에 범죄를 예방했다는 자부심을 느끼며 그날 24시간의 근무를 마치고 입항했다.

동년 8월 25일 약 5일이 지난 후 형사계로부터 연락이 왔다. 부산 검찰청 외사 특수부에서 단속한 경찰관과 책임자를 보고 싶다며 연락이 온 것이다. 오후 1시경 형사기동정의 책임자인 정장과 나는 부산검찰청 외사 특수부 김○○ 검사에게 갔다. 외사 특수부 안에는 다른 범죄 연루자들의 조사가 진행되고 있었다. 한 조사관이 어디서 왔냐며 물어 부산해양경찰서 형사기동정에서 왔다고 말했다. 조사관은 우리를 검사실로 안내를 했다. 외사 특수부 검사와 대면하여 검사가 어떻게 이렇게 어려운 범법자를 검거했냐 물어 정장이 말했다.

증거가 조금 불충분할 수도 있지만 본인이 진술한 그대로 제반 증거 및 자료를 바탕으로 단속했다고 검사에게 전했다. 검사는 증거를 더 확보해서 처리하겠다며 어려운 것을 잡았다며 고생했다고 했다. 우리는 자부심을 느끼며 범죄 없는 사회를 만들었다는 기쁜 표정으로 검사실을 나와 본 근무지로 돌아가 부산항 형기정 임무를 위해 출항, 24시간의 야간 근무를 마치고 입항 집에서 대기했다.

다음 날은 휴무로 가족들과 모처럼 맛있는 음식을 먹으며 지내던 중 한 통의 전화가 휴대폰으로 와서 받아 보니 다음 날 오전 중으로 부산 검찰청으로 와 달라는 검사실 조사관의 요청이 있었다. 단속을 담당했던 나는 아침 일찍 검사실 조사실로 갔다. 검사실 조사관의 말에 의하면 면세유 횡령 범죄자가 당시 기름을 넘겨준 배도 있었는데 왜 자기만 잡아 왔냐며 불만을 호소했다고 했다. 몇 가지 물어볼 말이 있다며 일하는데 오라고 해서 미안하다며 조사를 위해 협조를 부탁했다. 조사관은 나를 보면서 수사를 몇 년 정도 했냐고 물었다.

나의 직업은 해양경찰이다

한 3년 정도 했다고 하니, 검거 당시 이 사람들의 말에 의하면 왜 당시 중국 상선의 기관장도 범죄 행위자인데 안 데리고 왔냐며 직무 유기의 소지가 있다며 말했다. 나는 조사관에게 말했다. 유류를 급유하고 있던 당시는 중국 국적의 진생호란 배에 유류를 공급하고 있었고 돈을 주고받은 지양통이라는 배는 없었다고 말을 해도 조사관은 믿지 않았다. 같은 직업을 가지고 있는 사람도 조사관 앞에 조사 대상으로 있으면 범죄 혐의자처럼 물어봐서 나름 억울하고 화가 났다.

약 40분간 조사관과의 대화 후에도 결론이 나지 않았다. 조사관에게 그 당시의 배가 아니라는 증거물을 가지고 오겠다고 말하고, 검찰청을 나와서 유류 급유 선박 회사가 몰려 있는 부산항 5부두로 이동하여 선박 회사 상대로 탐문을 시작했다. 여러 회사를 탐문해도 증거를 찾지 못했다.

약 3시간 정도의 시간이 흘러갈 무렵, 마지막 남은 한 선박 회사를 들어가서 증거를 찾던 중 그 시간대에 진생호란 배에 기름을 공급한 배를 찾았다. 세관에서 발급한 티켓 증거와 부산 항무 통신에서 지양통호 출입항 기록 서류를 확보하고 검사실 조사관에게 제출하고 나서야 이제야 되었다며 가도 되며 더 이상 부르지 않겠다는 조사관의 말을 듣고 검사실을 나왔다. 나중에 안 사실이지만 위 행위 범죄자는 동종 전과가 있는 전과 13범으로 확인되었고 처벌을 받았다고 한다. "사람은 누구나 한 번의 실수를 할 수도 있다. 하지만 계속 반복된 범죄를

저지른다면 절대 용서받지 못한다."라는 교훈을 느끼며 위 이야기를
마칠까 한다.

나의 직업은 해양경찰이다

13화

밀입국 시도자의 사전 준비

2000년대부터 약 3년간 서해에서부터 남해까지 중국 사람들이 한국에 돈을 벌기 위해 어선 및 상선(화물선) 등을 이용하여 국내로 몰래 밀입국을 많이 하는 시기로 또한, 국내 브로커도 가담하는 사례가 많아 다음과 같이 밀입국자들을 어선에 승선시키기 전 사전에 준비하는 모습의 한 사례를 말할까 한다. 때는 2001년 6월 14일 저녁 8시경 소형 경비정인 형사기동정으로 부산 자갈치 앞 해역 일대를 순찰 기동 중이었을 때 선착장에 계류하고 있는 한 어선이 눈에 들어왔다.

밀입국 어선과 비슷한 선박

보통 어선은 야간 조업을 위해 기본적으로 먼바다에서 잡아 온 물고기를 하선하고 배에서 사용하는 어구 상자를 비치하는 작업을 주로 함에도 그 당시 배에 있는 선원들의 행동이 선원이 아닌 사람으로 우리 눈에는 보였기 때문에 의구심이 들었다. 검문검색이 필요하다는 판단을 내리고 배를 책임지고 있는 정장(캡틴)에게 보고 후 계류하고 있는 배의 오른쪽에 붙이고 선원에게 잠시 검문이 있겠다고 계류색을 고정

나의 직업은 해양경찰이다

비트에 걸어 줄 것을 말하니, 아무 대답도 없고 검문하는 경찰관을 본 체만체하는 것이었다.

경비정에 있는 대공 마이크로 방송을 하자 다른 곳에 있는 진짜 선원 같은 사람이 나와서 고정비트에 줄을 걸어 주었다. 형기정에 근무하는 경찰관 5명, 전경 3명은 자기가 맡은 구역에서 배를 붙이고 대기 중 검문검색 반장인 나는 다른 동료와 같이 어선에 올라 그 어선에 있는 사람에게 선장님은 어디 있느냐고 물어도 무슨 얘기를 하는지 전혀 이해하지 못했다. 우리는 판단했다. 선원을 가장한 조직 폭력배 조직원으로 보여 이것 뭔가 있구나, 생각했다.

검문이 있다고 하고 배로 넘어올 것으로 요구를 해도 남자는 왜 내가 그쪽으로 가야 되냐며 막 따지고 욕을 하면서 자기 성질을 못 참아했다. 시비를 거는 모습을 보니 전형적인 조직폭력배들의 형태를 띠고 있었다. 사전에 배 안에 무엇인가를 감추고 있다는 확신이 들고, 범죄 혐의점을 유발시키는 행동하는 등 매우 의심이 되어 그 남자에게 말했다. 지금으로부터 법을 집행하는 경찰관의 방해를 하는 것은 공무집행 방해의 소지가 있다며 그 남자를 제지하고 있을 무렵, 육상에서 155cm의 키로 아주 작은 남자가 우리 쪽으로 넘어오는 것이 확인되었다. 조직원처럼 보이는 남자는 아주 키 작은 남자로 옆에 있던 사람은 키 작은 남자를 향해 90도로 인사를 하며 "형님 오셨습니까!" 하며 주변에 있는 자기 밑에 있는 사람으로 보이는 사람에게 다들 인사 안 한다고 성질을 냈다. 형님 오시는데 인사하라며 막 소리를 치는 모습을 보면서 속으로 어이가 없었다.

우리와 실랑이를 벌이는 남성 옆으로 오면서 키 작은 남자가 "조용히 해, 저리 꺼져 있어."란 말 한마디에 구석 쪽으로 물러나는 것을 보고 황당했다. 자기는 이 어선의 선장이라고 말을 해서 밀입국을 시도하는 배들이 많다며 검문검색을 하겠다고 협조를 부탁하니 그렇게 하라고 말했다. 선내 이곳저곳을 검색한 우리는 밀입국 여부와 특이한 동향 등이 발견되지 않았으며 특히, 저 사람들은 선원이 아닌 것 같은데 도대체 무엇을 하는 사람이냐 선장에게 물어보니 옛날에 주먹 좀 사용하다가 감옥에 들어가 나와서 할 일도 없고 해서 먹고 살 수 있게 데리고 다닌다며 이해를 좀 해 달라고 말했다. 우리는 그 어선의 특이사항이 없어 검문검색을 종료하고 이탈하였다.

다음 날 아침, 해상 순찰차 부산 공동어시장 앞을 지날 때 부두에 접안되어 있는 검문한 어선이 있어 쌍안경으로 유심히 살펴봤다. 특이한 장면이 눈에 들어왔다. 선원 인원수에 맞지 않게 조업 기간 동안 먹을 쌀, 등 식품을 너무 많이 적재하며, 조업을 하자면 그물과 어구 상자 등 조업에 필요한 기구를 싣고 바다에 나가야 하나, 그 배는 전혀 물건을 안 싣고 나가는 것이 최종 확인되어 형사기동정 경찰관들은 먼바다에서 분명 밀입국자를 실은 선박과 접선하여 들어올 가능성이 농후하다는 판단이 들었다. 상부에 이 선박에 대한 상황을 보고하여 약 한 달

나의 직업은 해양경찰이다

후 전라도 해안으로 밀입국자 55명을 싣고 들어오다 발견되어 체포되었다는 정보를 듣고 뉴스를 통해 그 배의 특성 등을 확인해서 보니 당시 우리가 사전에 검문검색 했던 배로, 선원이 아닌 조직 폭력배들과 모의하여 운반책 행위를 한 것으로 사료된다. 아마 우리가 검문을 집요하게 해서 부산 쪽으로는 들어오면 안 된다고 판단하고 좀 허술한 곳을 찾다 보니 전라도 방향으로 들어갔다는 생각이 들었다. 지금 생각해 보니 24시간 먼바다에서 들어오는 선박은 100% 검문검색을 했으니, 어떻게 그렇게 했는지. 많이 힘들었지만 안전사고 없이 잘 넘어 온 것 같아 정말 다행이다.

14화

변사체 인양 및 구조 활동

2000년 2월 29일부터 2003년 2월 8일까지 약 3년간 부산해양경찰서 소속 형사기동정(육상경찰 형사기동대)에 근무하면서 일어난 해상 변사체 인양 활동에 대하여 말해 볼까 한다. 부산항은 외국에서 들어오는 많은 상선과 국내 선박 및 이곳을 찾는 관광객들이 붐비는 곳으로, 해상 추락 등 술로 인한 각종 사고나 자살 기도 등 사건이 자주 일어난다. 때문에 해상에 떠다니는 변사체를 인양하는 일이 한 해 60여 건 정도 있었다. 특히, 인명 구조 및 변사체 인양 활동에 대하여 몇 가지가 있어 이야기해 볼까 한다.

2001년 2월에 있었던 일이다. 명절을 맞아 고향을 찾아온 많은 사람들, 차례를 지내고 한가로운 시간을 이용 가까운 관광지에서 가족과 지내는 사람들로 붐비는 때이다. 2월 13일도 소형 함정정인 형사기동정은 부산항 내 치안 활동차 해상 순찰하고 있었다. 오후 1시경 상황실로부터 긴급 신고를 접수했다. 태종대 등대에서 낚시하던 남녀 2명이 큰 파도에 맞아 해상으로 추락했다는 신고로 긴급 구조 활동이 필요하다는 내용으로 신속히 이동 구조 활동을 하라는 지시였다. 그 당시와 해상의 날씨는 파고 2m 바람의 풍속 8~12m/s로 나쁜 날씨로 이동하는 데 어려움이 많았다. 우리는 각종 구조 장비 등을 점검하고 사고 지점까지 도착하기를 기다리고 있었다.

약 20분 후 현장에 도착하여 수색을 시작하려고 할 때, 상황실로부터 연락이 왔다. 추락한 남녀 중 남자는 자력으로 헤엄을 쳐서 육지로 올라왔고 여자는 올라오지 못한 상태로, 신속한 구조가 필요하다는 내용을 인지하고 주변 해상을 면밀히 수색해야만 했다. 10분 후 여자로 추정되는 물체가 해상 위에 반듯이 누워 있는 상태로 발견되어 해상 날씨의 어려움이 있었지만 가까이 접근을 시도했다. 해상에 표류 중인 여자를 향해 아무리 소리를 쳐도 인기척이 없었다. 빨리 구조를 해야겠다는 생각이 들었다. 나쁜 기상 상태로 배의 좌우 선수와 뒤쪽이 흔들려 외부 이동이 불편하여 낮은 포복 자세로 기어가 인명 구조를 해야 했다. 동료와 나는 가슴을 바닥에 대고 보드후크로 해상 표류자의 옷을 잡고 배의 중간 지점까지 이동했다. 배의 중간 지점이 앞보다 높이가 낮아 사람을 올리는 데 용이하기 때문이다. 해상 표류자를 배에 올린 다음 상태를 확인했다.

(해상에 표류 중인 익수자 구조 장면)

구조한 여자는 약 40~50대의 보이는 여자로 숨을 쉬지 않으며 입에서는 거품이 나오는 상태였다. 빨리 심폐소생술 및 인공호흡이 필요했다. 우리는 계속 응급처치를 실시하면서 119구급대에 인계하기 위해 전속력으로 이동했다. 약 15분 동안 계속 응급처치를 해도 여자는 숨을 제대로 쉬지 않았다. 동공을 확인해 보니 열려 있고 맥박도 전혀 잡히질 않아 같이 있던 동료들은 이미 사망했다는 의미의 눈빛으로 서로를 보았다.

최종 판단은 의사가 한다. 부산 영도 하리 선착장에 계류하여 119구급대에 인계한 우리는 다시 바다로 나와 해상 치안 활동을 하던 중 병원으로 이송시킨 여자가 사망했다는 비보를 듣고 안타까워했다. 명절날 남편을 따라 스트레스 해소를 위해 같이 낚시를 하다가 큰 파도로 인해 해상으로 추락, 남편은 살아남고 부인은 결국 사망한 사건을 보면서 조금만 해상에 대한 지식이 있었으면 사고를 당하지 않고 즐거운 명절을 보낼 수 있지 않았나 생각이 든다.

2001년 4월 15일 오후 4시경 부산 자갈치 앞 해상에 변사체로 추정되는 물체가 있다며 신고가 들어왔다. 15분 후 현장에 도착, 주변 해역을 수색하던 중 물 위에 떠 있는 변사체를 발견하고 우리는 천천히 접근하여 물 위에 떠 있는 변사체를 육안으로 확인했다. 가방을 메고 손은 뒤로 묶여 있어 타살의 흔적이 보였다. 정확한 상태를 알기 위해선 빨리 인양해서 확인해야 한다. 인양하기 전 사진 촬영을 병행하면서

나의 직업은 해양경찰이다

인양했다.

올릴 때 변사체의 무게가 상당했다. 변사체 가방 안에는 돌이 들어가 있었고 어깨와 어깨 사이의 가방끈은 가슴 앞으로 묶여 있는 상태였다. 경찰서 형사계에 연락하여 조사가 필요하다는 의견과 함께 지정된 장소로 이동하여 경찰서 정밀 검색 팀에게 인계하고, 다시 범죄 예방을 위해 바다로 나갔다. 상기 변사체는 국립 과학 연구소에 의뢰하여 절차된 수사 방법으로 조사가 이루어져 타살 여부가 밝혀질 것으로 생각된다.

15화

해상에서의 7시간의 추적

2000년도부터 밀입국 사례가 점차 늘어나고 있어 부산 해안을 지키는 소형 경비정의 해양경찰, 육상의 군부대 등 밀입국에 대비 해상 및 육상을 철통 방어하듯이 지키고 있다. 외해에서 의심이 되는 선박은 해상에서 1차로 확인하고 내해에서 경비 중인 함정에서 2차로 육상에 있는 군부대에서 3차로 검문검색을 실시하는 구조로 이루어져 있다. 군에서는 밀입국자 속에 대공용의점이 있는 사람이 있을 수 있기 때문에 적극적으로 검색을 한다. 해상에서는 소형 함정이 주로 검문검색을 하여 이상 유무를 파악한다. 당시 나는 부산해양경찰서 형사기동정에 근무하면서 수많은 검색을 한 기억이 있다.

특히, 2000년 9월 12일에 있었던 어선에 대하여 말한다. 우리는 어두운 밤 부산 남외항 해상에서 입항하는 모든 선박을 검문검색을 실시하고 있었다. 자정을 넘은 시간이 되어 몸은 다들 지쳐가고 있었다. 오전 1시 상황실로부터 연락이 왔다. 외해에서 들어오는 선박이 검문을 불응하고 도주 중이라고 검거하라는 내용이다. 우리는 감천항 앞 해상에서 외해에서 내해로 들어오는 선박을 검문하기 위해 대기하고 있었다.

약 1시간 정도가 지났을 때쯤, 검문 불응 선박을 발견하고 대공 마이크를 이용 정지할 것을 요구했으나, 이를 무시하고 계속 항해를 하는 것이었다. 통신기로 계속 정선을 명령했으나 정선하지 않아 약 1시간 동안 해당 의아 선박과 실랑이를 벌이고 있었다. 그날의 날씨는 아주 포근하고 해상은 잠잠했다. 의심 선박은 낙동강 하구에 정치망(① 자루 모양의 그물에 테와 깔때기 장치를 한 어구를 어도에 부설하여 대상 생물이 들어가기는 쉬우나 되돌아 나오기 어렵도록 장치한 어구 ② 잠망, 장망 함정어법을 쓰는 어구. 보통은 그 중 유도 함정어법을 쓰는 것만을 뜻함. 어구를 일정한 장소에 일정 기간 부설해 두고 어획하는 어구 어법이며 단번에 대량 어획하는 데 쓰임. 연안의 얕은 곳(대략 수심 50m 이하에서만 사용)어구가 많은 해역으로 들어가기 시작했다. 보통 일반 선박은 이곳에 들어가면 어망 감김 등 안전사고가 발생할 우려가 큰 구역이다.

검문에 불응하고 도주 중인 어선

해양경찰에서 보유하고 있는 소형 함정은 프로펠러가 없는 워터제트 형식으로 되어 있어 위 구역에서는 안전사고가 발생할 우려는 희박하여 추적이 가능하다. 워터제트 형식의 선박은 워터제트 추진기, 또는 펌프제트 추진기라 부른다. 일반적인 스크루 프로펠러 구동 방식과

다르게 제트 엔진과 같은 방식으로 추진하는 기관. 선박의 추진기관의 종류로, 선체 내부에서 프로펠러(터빈)를 돌려 배 밑의 취수구(흡입구)에서 빨아들인 물을 뒤로 분사해서 추진한다.

　작용반작용의 법칙을 이용하는 항공기의 제트 엔진과 원리가 같나고 보면 된다. 일반 선박에서 쓰는 스크루 프로펠러를 선체 안으로 집어넣고, 취수구와 배출구를 마련하여 프로펠러의 회전 때마다 물을 빨아들이고 내뿜는 과정을 반복한다고 보면 된다. 해양경찰에서 도입하여 사용하는 경비정이 이런 구조로 되어 있다고 보면 된다. 물 위에 있는 작은 장애물은 어렵지 않게 통과하여 계속 추적하면서 운전 중인 해당 어선 선장에게 정지하도록 유도하면서 약 2시간을 낙동강 하구 해역에 있었다. 위험한 구역으로 우리를 유도하는 등 죄질이 아주 안 좋아 반드시 책임을 지도록 해야 했다. 시간은 새벽 4시가 되어 가고 있어 경찰관 및 대원들도 힘들어 했지만, 저렇게 골탕을 먹이게 하는 자는 반드시 잡아 법의 심판대에 올려 처리해야 되겠다는 신념으로 추적을 계속했다. 우리가 옆으로 지나가면서 "거기에 서라."라고 말을 하면 도망치고 있는 어선의 선장은 "당신 같으면 정지하겠냐."라고 말하는 등 약을 올려 저 사람은 반드시 잡아야겠다고 마음먹었다. 약 7시간의 추적 끝에 진해 속천항으로 입항하는 해당 어선을 검거하여 법과 법률에 따라 처리한 사건이 생각난다. 법을 무시하는 자는 어떻게 되는지 좋은 예로 기억된다.

16화

아이를 잃은 부모의 절규

2001년 8월 여름철 성수기가 다가옴에 따라 부산 영도 파출소는 관광 명소 구역인 태종대 일대를 찾아오는 인파로 몸살을 앓고 있을 무렵, 관내 안전사고 예방을 위해 각 조 2명씩 조로 이루어진 순찰 요원을 편성하여 도보 및 차량을 이용(순찰차) 안전 관리차 순찰을 실시토록 했다. 8월 11일 여느 때와 똑같은 업무를 하기 위해 동료와 함께 순찰차를 이용하여 태종대 및 주변 위험 구역을 순찰하던 중, 높은 갯바위 위에서 사진을 찍고 있는 남녀를 발견하여 그곳은 주로 미끄러져 낙상 사고가 빈번하게 일어나는 곳으로 안전 구역으로 이동할 것을 요구했다. 남녀는 알았다고 하면서도 경찰관의 말을 듣지 않는 행동을 계속해 다시 한번 주의를 주니, 왜 우리만 그렇게 하는지 따져 물었다. 주변에 있는 사람들도 다들 협조하면서 이동하고 있다며 안전 구역으로 이동할 것을 말을 하니 성질을 내면서 이동했다.

우리는 안전을 최종 확인하고 다음 위험 구역인 감지해변으로 이동했다. 이곳은 유람선 선착장에 배를 타고 유람을 하기 위해 찾은 관광객 및 감지해변 등 횟집 이용객으로 많은 사람이 있었다.

약 10분 후 선착장 위에 있는 소각장에서 다급한 목소리가 들려왔다. 사람이 아래로 떨어져 많이 다친 것 같다는 주변에서 웅성거리는 소리를 듣고 이동했다. 그곳을 확인해 보니 쓰레기 소각처리 중에 부탄가스가 터지면서 그곳에 있던 사람의 머리카락에 불이 붙으면서 아래로 추락을 한 것이었다. 주변 사람들에게 119에 신고를 부탁하고 추락한 남성 쪽으로 천천히 내려가 사고로 인한 충격으로 온몸을 떨고 있어 마음을 안정시키면서 119구급대가 오기를 기다리고 있었다. 추락한 남성은 머리 쪽 화상과 다리 골절 및 피부 좌상을 입었고, 피를 흘리고 있어 빠른 이송이 필요했다.

주변에 같이 있던 관광객 중 한 남성이 말했다. 들어서 위쪽으로 올려서 병원으로 빨리 이송해야 하지 않느냐며 우리에게 말을 했다. 떨어지면서 목, 허리의 손상도 의심이 된다며 부목 등 제반 응급처치 기구가 없으면 추락자에게 위험할 수 있다고 제안한 관광객에게 설명하니 그 사람도 이해가 되는지 아무 말을 안 했다. 약 10분이 지날 때쯤 119구급대가 도착하고 추락자를 위해 목, 허리 부위에 부목을 한 후 위로 조심하게 올려 병원으로 후송 조치했다. 쓰레기 소각장 주변 사고 처리 조사를 하고 다른 구역으로 이동했다.

부산해양대학교에 들어서면 우측에는 방파제란 것이 있다. 이곳은 바다에서 밀려오는 파도를 막기 위하여 바다에 쌓은 둑 등의 구조물로 일반적으로 파도로부터 항구를 보호할 목적으로 건설된 구조물로 사람의 출입이 금지되어 있다. 부산에는 바다와 접한 곳이 많기 때문에 이러한 방파제가 설치되어 있는 구역이 많고 이곳에 올라가 기념을 남기기 위해 사진을 찍는 사람, 낚시를 하기 위해 있는 사람들 등 위험이 항상 존재하는 곳이다. 차량을 이용 대학교에 진입하여 안전 관리 순찰 활동 중에 방파제 위에서 낚시를 하고 있는 사람을 발견하여 보니 7~9

세로 보이는 어린이와 형제로 보이는 11살 나이의 어린이가 부모와 함께 낚시를 하고 있었다. 경찰관이 볼 때는 상당히 위험해 보였다.

부산해양대학교 입구 전경

낚시를 하고 있는 가족에게 다가가서 말을 했다. 이곳은 낚시하는 구역이 아니며, 추락의 위험이 상당히 큰 곳으로 철수할 것을 말했다. 낚시하고 있던 아이의 아버지는 조금만 하다가 가겠다며 해서 그럴 수 없다고 낚시 도구를 정리하고 안전한 곳으로 이동할 것을 요구했다. "이곳 방파제에 있는 삼발이형 테트라포드 사이로 추락 사고로 인한 사망 사고가 자주 일어나며 특히, 어린이는 더 위험한 곳이다."라고 말하니 정리하고 철수하겠다고 했다. 우리는 오후 4시경 정리를 하는 것을 보고 철수하면서 파출소로 복귀했다.

여름철에는 저녁 8시쯤 되어야 일몰이 시작된다. 오후 6시경 상황실

나의 직업은 해양경찰이다

로부터 사고 신고가 접수되었다. 해양대학교 테트라포드(삼발이) 위
에 있던 아이가 없어졌다는 신고였다.

　우리는 느낄 수 있었다. '큰일 났네. 철수 안 하고 또 낚시하다가 큰 사
고가 생겼구나.'는 생각이 들었다. 하루 종일 지친 몸을 이끌고 순찰을
하고 저녁을 먹기 위해 준비하던 것을 뒤로 미루고 기본 구조 장비를 챙
겨 경찰관 및 의경 총 5명이 긴급 출동하였다. 그곳에 도착해서 보니 낮
에 낚시하던 그 가족이었다. 한 곳에는 아이의 어머니가 눈물을 흘리며
자식의 이름을 계속 부르며 정신 줄을 내려놓은 상태로 울부짖고 있었
다. 아버지에게 어떻게 된 것이냐 물으니 금방 있던 아이가 없어졌다며
상기된 얼굴로 당황하며 우리 아이 좀 찾아 달라며 우리에게 매달리며
말했다. 위치는 어디냐며 아버지에게 말하니 낚시를 하고 있어서 위치
를 잘 모른다고 했다. 낚시하면서 아이들이 잘 있는지 없는지 놓친 것
같고, 어머니도 마찬가지로 별 신경을 안 쓴 것 같았다.

해양대학교 테트라포드 방파제

시간이 흘러 점점 날이 저물어 가기 시작했다. 잠시 후 119구조대도 도착하여 5개 조(2인 1조)로 나누어 수색을 시작했다. 빨리 찾지 않으면 생명에 위험을 초래할 수 있기 때문에 빨리 찾아야 했다. 약 2시간이 흘러도 아이를 찾지 못했고 야간이 되어 찾는 데 어려움이 있어 다음 날 테트라포드 밑으로 잠수부를 투입하여 찾을 수밖에 없어 아이의 부모에게 상황 설명을 하고 다음 날 수색했다.

아이의 어머니는 철수하는 우리의 팔을 잡으며 "우리 아이 좀 살려주세요!" 하면서 한없이 울면서 앞을 가로막아 어머니의 등을 두드리며 야간에 수색하는 것에 대한 것과 사고 시간의 약 3시간을 넘어 마음의 준비를 해야겠다는 말을 전했다. 아이 어머니가 안정을 찾도록 아이 아버지에게 말하고 내일 날이 밝으면 잠수부를 투입해서 꼭 찾도록 하겠다며 철수했다. 8월 12일 아침 7시부터 해양대학교 방파제 테트라포드 밑에 잠수부를 투입, 수색하여 약 3시간이 지난 오전 10시경 잠수수색팀이 테트라포드 밑에 있는 아이를 찾아 병원으로 옮겼다. 이 사건을 보면서 정말 안타까웠고, 약 19년이 지난 현재에도 수많은 사고로 인해 많은 사람들이 생명을 잃고 있어 안전에 대한 시민 의식이 지속적으로 필요하다는 인식을 느끼며 위 내용을 마칠까 한다.

나의 직업은 해양경찰이다

17화

태풍 '매미' 피해 현장을 보면서…

2003년 9월 12일 부산 및 남해 지역 등으로 상륙하여 큰 피해를 입힌 태풍의 이야기로, 일명 '매미'는 2003년 9월 6일 발생한 제14호 태풍으로 발생 당시는 열대 폭풍에 지나지 않았으나 북상하며 세력이 증가했다. 한반도 상륙 당시 중심부 최저 기압 950hPa로 가장 낮아(중심부 기압이 낮을수록 세력이 강함) 우리나라의 기상 관측 이래 최저를 기록하였다. 최대 풍속도 종전의 최고 기록을 경신하여 9월 12일 오후 4시 10분 북 제주군 한경면 고산 수월봉 기상대와 같은 날 오후 6시 10분경 제주 기상대의 풍속계에 초속 60m를 기록하였다. 특히, 부산에는 9월 12일 상륙하며 강풍을 동반한 피해와 함께 해안가에 대규모 해일 피해를 일으켰다.

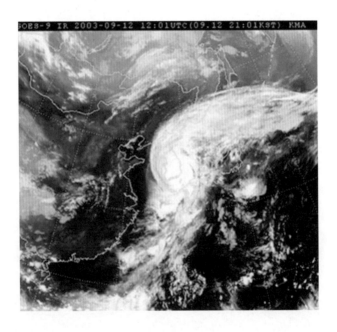

나의 직업은 해양경찰이다

2003년도 태풍 '매미'의 위성 사진 및 이동 경로 예상도

　당시 나는 부산해양경찰서 무기 담당으로 근무하고 있었다. 태풍 매미가 상륙하기 전 명절 전날 경찰서 당직근무하고 처갓집인 경남 밀양에 가족과 함께 있었다. 다음 날 태풍이 상륙하던 날, 밀양에도 많은 폭우와 강풍이 불고 있었고, 저녁 9시 이후부터 바람의 강도와 많은 비가 더 많이 내렸다. 같이 있던 처남, 처형 등 가족 모두가 불안에 떨며 시골집이 물에 잠기면 대피로를 어디로 가야 하는지 고민하고 있었다. 많은 비로 인해 배수구로 물이 원활하게 내려가지 않아 집 턱의 높이 밑에까지 물이 차올라 처남들과 배수로를 확인하여 물이 내려갈 수 있도록 했다. 시간이 점차 흘러 자정이 되었다. 집 전체가 흔들리는 느낌이 들고 전기는 자동으로 off되어 스위치도 작동하지 않았다. 어둠 속에 온 가족이 노심초사하며 지냈다. 그날은 달이 떠 있어 밤이지만 시야는 어느 정도 들어와 어디에 무엇이 있는지는 확인되었다. 정말 바

람의 강도는 어마어마했다, 인근 산에 있는 나무가 날아가는 모습을 보면서 태풍이 빨리 지나가기를 기다리며 온 밤을 뜬 눈으로 지냈다.

다음 날 오전 7시경 태풍의 강도가 어느 정도 약해지고 있을 때 경찰서로부터 비상소집 연락이 왔다. 나는 가족을 뒤로한 채 경찰서로 복귀할 수밖에 없었다. 차로 약 50분을 달려 부산대교를 진입하기 위해 기다리고 있었다. 기다리는 차들로 매우 복잡했다. 도로를 통제하는 교통 경찰관이 기다리는 차를 향해 부산대교로 들어갈 수가 없어 통제되었다는 말을 듣고 영도대교(영도다리)는 갈 수 있냐며 교통경찰을 향해 물으니 그쪽도 마찬가지로 통제되었다는 소식을 들었다. 나는 경찰서 상황실로 위의 내용을 보고 하니 피해 현장으로 가서 지원 업무를 하라는 지시를 받고 부산 다대포에 위치한 파출소로 지원 업무차 이동하였다. 다대포에 도착하여 현장을 보니 정말 말로 표현할 수 없었다.

현장은 참혹하여 해안가 일대는 온갖 잡동사니와 어선 및 선박이 육지에 상륙되어 있었으며, 해안가를 끼고 있는 많은 상점들은 참혹한 상태로 말을 할 수가 없었다.

나의 직업은 해양경찰이다

태풍으로 인한 참혹한 현장의 모습

　태풍 매미로 인한 부산의 피해는 송도와 다대포 등 여러 해안가에서는 강풍과 폭우로 인해 가옥이 전파되었으며 해운대에서는 해안가의 리조트와 호텔의 침수 피해와 해상 호텔인 배가 침몰하였고 전국적으로 많은 이재민을 만들었다.

태풍이 지나고 복구 작업하는 시민들

　또한, 해양경찰도 국가를 위해 맡은 바 소임을 다하기 위해 바다로 나간 경찰 직원들의 재산인 차량 등이 전용 부두 주변에 주차가 되어 있던 50여 대가 바다로 소실되는 피해와 여러 건물이 파손되어 피해를 입었다.

　약 2일간의 업무 지원을 종료하고 도로의 길이 점차 열려 경찰서로 복귀하여 해당 업무의 피해를 파악했다. 다행히도 무기와 관련된 물품 등은 현장 파출소장의 적절한 조치로 분실 사례가 없었다. 태풍 피해 복구를 위해 현장에 투입 복구 완료될 때까지 작업을 하면서 자연적으로 일어나는 태풍의 무서움은 상당했기에 대응을 잘해야겠다고 다짐했다.

나의 직업은 해양경찰이다

18화

말라카 해안 해적 대응 훈련을
떠나며…

2003년 10월 29일 부산에서 인천으로 신조 함정인 3005함으로 발령 받아 말라카 해협 대응 훈련을 떠나면서 있었던 일 등을 회상하며 이야기를 시작해 본다. 2004년 10월 2일 오전 10시 30분 인천 중구 북성동 해양경찰 전용 부두를 출항 기적 소리와 함께 인천 항구를 빠져나와 10월 12일 말레이시아 랑카위 섬에서 벌어지는 '한국 ↔ 말레이시아 간 해적 대응 합동 훈련'에 참가하기 위해 머나먼 여정의 닻을 올리며 약 12일간의 항해를 시작했다.

말라카 해역으로 동료들의 환송을 받으며 출항하여 항해하는 모습

우리가 가는 곳 말라카 해협은 해적들의 바다로 알려져 있다. 해협의 길이는 800km, 폭 100km가 안 되는 곳으로 이곳을 지나는 각국의 일반 상선 및 유조선을 자동화기 등 중화기로 무장한 해적들의 표적이 되고 있다. 한 해 수만 척이 이곳을 통과한다. 1993년부터 전 세계에서

나의 직업은 해양경찰이다

발생한 3천여 건의 해적 사건 중 약 38%에 해당하는 사건이 이곳에서 발생되었다. 우리나라의 수출·입 물량 90% 이상이 이곳을 통과하고 있어 해적 퇴치를 위해 말라카 해협의 인근 나라와의 대응 및 공조가 필요하다는 여론이 형성되어 한국 해양경찰 최초로 외국에 나가서 훈련하는 첫 사례로 함께 승선한 경찰관 및 전경(의경)들의 자부심은 이루 말을 할 수 없었다. 우리는 서해 해상 군산, 목포를 지나 이남으로 항해하면서 해적 소탕을 위해 매일 적응 훈련을 반복하면서 내려가고 있었다.

항해 4일 차.

동지나 해상에서부터 필리핀 해역은 기상이 항상 안 좋은 해역으로 해상의 4m의 파도를 선수에서 받으며 항해를 했다. 선실 안에는 배의 피칭과 롤링(피칭: 앞뒤로 흔들리는 현상, 롤링: 배의 좌우로 흔들리는 현상)으로 외부 인사(기자 및 해양에 관련된 사람) 및 경찰관 등이 멀미를 심하게 했다. 실내에는 근무자들 외에는 복도(식당 및 휴식 공간) 등 이동하는 사람이 없고 두통 등 멀미 증상으로 각자 배정된 침실에 누워 있었다.

동지나 및 필리핀 해역으로 항해하는 경비함정

적응이 잘되지 않은 사람은 가만히 서 있기도 힘들다. 심한 사람은 식사를 못 하는 경우도 있다. 이런 경우 멀미를 예방하기 위해 입 밖으로 배출을 하더라도 식사는 계속 해야 한다. 해상의 풍부한 경험으로 볼 때 대부분 멀미가 빨리 진정되었다. 항해의 여정이 많이 남았기 때문에 참고 견뎌야 한다.

항해 5일 차.

다음 날 아침 바다는 파도가 잔잔한 포근한 날씨였다. 대만 해협을 60마일 남겨 두고 항해를 하고 있었다. 오전에서 오후까지 준비되어 있는 시간표에 의해서 해적 대응 훈련을 마친 승조원들은 저녁 식사를 위해 식당으로 다들 이동했다. 80여 명의 식사를 책임지고 있는 전경 4명, 주계 업무(경리사)를 책임지고 있는 경찰관 등 총 5명의 손길

나의 직업은 해양경찰이다

이 바빴다. 많은 인원을 위해 아침, 점심, 저녁 하루 세 끼를 책임지면서 부식 관리 등의 업무 및 매일 식단표를 짜야 하는 일로, 안 해 본 사람은 힘이 많이 들 것이다. 그날은 저녁에 곰탕이 나왔던 것 같다. 외부에서 사람들이 점차 식당으로 모여들었고 서로 옹기종기 모여 식사를 했다. 훈련에 대한 평가, 취재를 위해 승선한 기자들의 질문으로 식당 안에는 웃음과 함께 진지함이 풍겨 나왔다.

나는 식사를 마친 후 야간 근무를 위해 배의 최고 상층부인 조타실(배를 조종하는 구역)로 올라갔다. 배에는 여러 직별을 가지고 있다. 항해 요원, 기관 요원, 통신 요원으로 3개의 직별로 나눈다. 근무 시간은 하루 8시간 주간, 야간 포함해서 반복적으로 근무한다. 저녁 8시부터 자정까지 근무하기 위해 전 근무자로부터 업무 인수를 받고 일을 시작했다. 조타실에는 총 8명이 근무를 한다. 항해를 전담하는 사람, 기관의 조종간을 잡는 사람, 통신기 및 무전을 주로 하는 사람들로 나뉘어서 야간 근무를 한다. 오후 9시경 마침내 대만 해역을 지날 때, 항로 중간 지점을 막고 있는 어둠 저편에 불을 밝히고 있는 약 200여 척의 선박들이 나타나고 있어 안전한 항해가 필요했다. 배와 배의 사이로 안전한 통과를 위해 거리가 좁혀지면서 조타실 근무자는 긴장할 수밖에 없었다. 점점 200여 척의 선박들이 있는 곳으로 다가감에 따라 배의 조종을 책임지고 있는 당직관의 말에 따르며 조타기(운전대)를 오른쪽 5도, 왼쪽 5도 방향을 바꾸며 안전하게 지나고 있었다. 동남아 해역 여러 나라에서 나온 어선들로 조업이 한창 이루어지고 있어 배의 기적을 울려도 전혀 피하지 않기 때문에, 안전을 위해 우리가 승선한 경비함정이 피해야만 했다. 지금 생각해 보면 2018년, 몇 척인지 알 수 없을 만큼의 수많은 중국 어선들이 우리 해역에 침범하여 조업할 때만큼의 숫자인 것 같았다. 약 40분 정도를 긴장하면서 안전하게 항해해서 빠져나와 말라카 해역으로 계속 항해했다.

항해 7일 차.

오전 10시 우리는 7일간의 항해 끝에 날씨가 더운 지역으로 접근하고 있었다. 온도가 약 30도 이상씩 올라감에 따라 대테러 훈련 및 해적 대응 훈련에 차질이 생겨 실내 소화 방수 훈련으로 전환하여 실시했다. 배에서 일어날 수 있는 모든 상황에 대응하기 위해 자체적으로 각 훈련별(인명 구조, 방수, 소화, 퇴선 훈련 등) 상황을 원활하게 처리하는지 여부 및 대응력을 높이기 위해 반복적으로 하는 훈련이다. 외국을 다니는 상선에서도 주기적으로 하는 것으로 알고 있다. 주로 기관실 화재 및 선체 파공으로 인한 대응 능력 훈련을 한다. 3,000톤급 기관실에는 큰 엔진 2대와 발전기 2대 등 각종 보조 기계가 즐비한 곳으로 화재가 발생 된다면 아주 위험한 일이 벌어진다. 배의 심장과 같은 곳이기 때문이다. 이곳은 기관실로 약 6명 3교대로 근무하면서 엔진은 이상 없이 잘 돌아가는지, 파이프 파손으로 기름 유출이 되는지 등 기계에서 일어나는 모든 일을 책임지고 있다.

약 5분 후 선내 기적소리로 훈련이 집행되었다. "기관실 A급 화재 발생."이라는 실내 방송이 흘러나와 화재 진압에 따른 대응지침에 의거 각자가 맡은 소화 장구를 들고 배치 장소로 이동했다. 소화복을 입은 사람, 소화 호스를 끌고 가는 사람, 방수기구를 들고 가는 사람 등 신속한 움직임으로 기관실 들어가는 입구에 모여 현장 책임자의 소리에 맞추어 지시에 따라 움직였다. '경계구역 설정하라.', '열전도 검사하라.' 출입문을 천천히 열고 소화수는 앞으로 전진하여 물로 화재 주변의 열기를 식히며 들어가라는 지시에 따라 기관실 하단 구역까지 들어가 화재를 진압 완료하여 이상 없이 훈련을 마치고 지친 몸을 이끌고 각자의 방에서 내일을 위해 깊은 잠에 들었다.

항해 9일 차.

오후 4시, 베트남 해역을 통과한 우리는 약 3시간 후부터는 말레이시아-인도네시아 인근 해상인 말라카 해적이 출몰한다는 해역에 도착하여 랑카위 섬 방향으로 들어가게 된다. 해양경찰 대형 함정 선실 내에는 긴급 소집이 필요했다. 주요 안건은 외부 갑판 및 선수(배의 앞), 함미(배의 뒤)에 무기를 소지하고 경계근무 보초와 조타실 및 기관실 등 각자가 맡은 일에 경계를 풀지 않고 안전 구역으로 갈 때까지 서로 의사를 나누고 각자 맡은 구역으로 이동했다.

오후 7시, 마침내 말라카 해역에 도착 만일에 대비하여 경계근무를 서면서 외부로부터 접근하는 보트가 있는지 눈은 바다로 향해 있었다. 선실 내부는 밖으로 불빛이 나가지 않도록 등화관제를 하고 어떤 선박이 가는지 알 수 없도록 했다. 약 2시간 정도를 항해해서 말라카 해역을 지나도 해적은 나타나지 않았다. 이미 해적 대응 훈련차 한국 해양경찰 대형 선박이 이곳 해역을 지난다는 정보가 이미 흘러 들어간 것 같았다. 해적이 아무리 중무기로 무장을 했다고 해도 해양경찰 대형 함정에 무리수를 둘 수 있을까, 라는 생각이 든다. 해양경찰에도 갖추어진 무장이 뛰어나다 20mm 발칸 2문과 여러 중화기를 가지고 있어 쉽게 덤비는 행동은 안 할 것이다. 이렇게 4시간 정도의 야간 항해를 해서 해적이 자주 출몰한다는 곳을 벗어나 2일이 지나면 말라카 랑카위 섬에 도착한다.

항해 12일 차.

오전 8시 말라카 랑카위 해상 5마일 전이다. 영어 가능자는 VHF 통신기로 말레이시아 해양경찰을 불렀다. 약 5분간 통신기로 말레이시아 해양경찰과 송수신을 완료, 랑카위 앞 해상에 정박을 유도하겠다는 메시지를 받고 약 3마일 남겨 둔 지점 마중을 나온 말레이시아 해양경찰의 호송을 받으며 랑카위 섬 1마일(육지: 1,852m)앞 해상에 정지하였다. 검역 절차를 마치면 랑카위항에 입항한다. 3시간의 검역 절차가 완료되어 오후 2시 우리는 랑카위항으로 입항하면서 우리를 반겨 주는 교민 및 말레이 해양경찰 관계자의 축하를 받으며 입항했다. 또한, 부두에는 나팔과 북을 연주하며 랑카위 주민들도 반겨 주고 있었다.

입항이 완료되자 말레이시아 관계 기관, 해양경찰 및 우리나라 대사관 등 교민 일부와 서로 인사를 나누고 배에 승선, 환담을 위해 선내 한국 해양경찰 회의장으로 모여 다음 날부터 시작되는 해적 퇴치를 위한 회의를 시작했다. 약 2시간의 회의로 서로 간의 의사를 타진했지만, 아직 다음 날 있을 훈련을 위해 준비해야 할 사항이 많이 있었다. 각자가 맡은 시나리오대로 장비 등의 점검을 마치고 랑카위 밤하늘을 보면서 다들 잠자리에 들었다.

정박 1일 차.

아침 7시 수평선 넘어 떠오르는 해를 보면서 랑카위 첫 일정을 시작했다. 하늘에는 구름 한 점 없는 좋은 날씨이다. 오전 7시 30분 아침 식사 방송이 울리자 하나둘씩 식당에 모여 식사를 하고 일정에 대한 대화를 나누며 각자가 맡은 일에 대한 사전 준비를 위해 각 부서로 이동했다. 오전 9시부터 오후 4시까지 한국-말레이시아와 말라카 해역 출몰 관련 해적 대응 훈련을 공중에서의 특공대 침투, 해상에서의 특공대 침투 등 유형별 훈련을 실시했고, 해상에서는 헬기를 이용 해상 투신자를 구조하는 훈련 등을 하면서 훈련을 마쳤다.

랑카위 해상에서의 한국-말레이시아 해적 대응 훈련

　　오후 6시부터는 각자 자유 시간이 주어져 랑카위 시내 관광차 삼삼
오오 뜻 맞는 사람끼리 모여서 시내 관광을 시작했다. 나는 제일 친한
동료 5명과 랑카위 시내를 돌아다니면서 집에 있는 가족을 위해 옷 등
여러 가지 선물을 구입했다. 1시간 정도의 쇼핑을 마치고 맥주를 마시
기 위해 랍스터 전문 요리점에 들어갔다. 같이 온 직원 중 영어를 하
는 사람이 전혀 없어 손짓 등의 표현으로 메뉴판을 보면서 음식을 시
켰다. 옆에 있던 김○○ 순경이 랍스터의 가격이 얼마 하지 않는다고
말하면서 실컷 먹어도 되겠다며 말을 하여 메뉴판을 자세히 살펴보았
다. 옆에 있는 배○○ 순경도 가격이 얼마 하지 않는다며 주문했다. 잠
시 후 주문한 음식이 나온 것을 보니, 국내에서 저 정도의 양이면 가격
이 만만치 않을 것 같다는 생각이 들었다. 왠지 불안하면서도 맥주와

　　　　　　　　　　　　　　　　　　나의 직업은 해양경찰이다

안주를 시켜 먹고 내일 저녁에도 여러 곳을 구경하자며 즐거운 시간을 보냈다. 시간이 한참 흘러 배로 복귀해야 하는 시간이 되었다. 우리는 계산을 하기 위해 계산서를 가져다 달라며 주인을 불렀다. 주인이 가져온 계산서를 보니 너무 많은 액수가 청구된 걸 알 수 있었다. 계산서를 유심히 보고 있던 권○○ 경장이 말했다. "큰일 났네." 미국 돈하고 말레이시아 돈 링깃의 셈을 잘못했다고 했다. 각자가 가지고 온 돈을 몽땅 주고 나와야 했다. 다행히 택시비만 남아 랑카위항에 정박하고 있는 배로 돌아갈 수 있었다. 시내 관광도 많이 힘든 하루였다. 우리는 내일을 위해 각자의 방으로 들어가 깊은 잠에 빠졌다.

정박 2일 차.

오늘은 마지막 훈련이 있는 날이다. 적도 부근에 있는 나라는 덥고 습하다. 이곳 말레이시아의 10월은 평균 최저기온이 23도 최고기온이 32.1도로 우리나라 한여름의 기온과 비슷하거나 좀 더 높다. 평균 8.9도의 일교차를 보이며 평균 강수량이 253.1mm로 많은 편이다. 평균 강수일수가 16일로 자주 비가 내린다. 강수량이 많고 비가 자주 내리는 편이기 때문에 습도가 높아 우리나라의 한여름처럼 무더운 날씨다. 시원한 여름옷 위주로 입고 다니며 우산은 필수로 가지고 가야 하는 나라지만, 이번 훈련 기간은 비가 오지 않아 훈련을 끝까지 마칠 수 있었다. 오늘도 마찬가지로 해적 퇴치를 위한 훈련을 오전부터 오후 4시까지 일정대로 마치고 저녁 7시부터 말레이시아 해양경찰 및 교민을 위한 환영 만찬회 준비를 해야 했다.

훈련 종료 후 동료들과 함상에서

　헬기 착륙장에 마련된 환영 만찬회 자리는 말레이시아 정부 관계기관 책임자 및 교민을 모시고 안전한 바다를 통항할 수 있도록 더욱 긴밀한 공조를 통하여 인명과 재산을 보호하자는 친목을 다지는 자리로, 훈련하면서 어려웠던 일 등 노고를 격려하면서 밤은 깊어 가고 있었다. 약 80여 명이 해양경찰 경비함정에 찾아와 우정을 나눴다. 다음 날은 말레이시아 정부가 주최하는 말레이시아 랑카위 섬 관광을 둘러보고 다시 한국으로 귀향하는 마지막 일정이 남아 있었다.

정박 3일 차.

　인천에서 출항하여 같이 승선하여 온 기자들 및 해양 관련 교수를 포함하여 12일의 항해로 고생이 많았지만, 며칠 간의 랑카위 생활을 뒤로 하고 다음 날이면 다시 12일간의 항해를 해야 했다. 더운 날씨의 나라 말레이시아는 비가 많이 오나 우리가 있는 동안 비가 오지 않았

나의 직업은 해양경찰이다

고, 그날도 역시 맑은 하늘에 구름 한 점 없는 화창한 날씨로 관광하기 좋은 날씨를 만들어 주었다. 약 2시간 동안 관광을 하면서 특히 한 곳이 눈에 들어왔다. 독수리 광장이다.

랑카위의 거대한 독수리상

이곳은 콰 부두에 위치한 곳으로 랑카위 시민들의 산책로이자 휴식처 역할을 하고 있다. 광장의 중심에는 랑카위의 상징인 12m나 되는 거대한 독수리상이 자리를 잡고 있다. 랑카위 사람들은 독수리가 자신들을 지켜 준다고 믿으며 독수리를 신성시하고 있다. 실제 랑카위의 랑은 독수리를 의미하는 말인 '헬랑(Helang)'에서 온 것이라고 한다.

독수리에 대한 랑카위 사람들의 애정이 얼마나 큰지 알 수 있었다. 랑카위를 방문하는 사람들에게 밤이면 안내자이자 이정표 역할을 하는 독수리상은 조명과 어우러져 더욱 멋스럽게 웅장하게 자리를 잡고 있다. 또한, 물 위에 떠 있는 별 모양을 하고 있는 광장에는 독수리상 외에 흰색의 아치형 지붕의 인상적인 테라스가 있고 고풍스러운 다리가 있어서 보기가 좋았다. 시간이 많이 흘러 아쉽지만 우리는 랑카위에 정박하고 있는 경비함정으로 돌아왔다. 마지막 일정까지 모두 마쳤고, 다음 날 인천으로 돌아가기 위해 랑카위에서의 마지막 밤을 보내며 지친 몸을 침대에 눕혔다.

다음 날 오전 9시 말레이시아 해양경찰 및 교민들에게 작별의 손을 흔들며 큰 기적소리와 함께 랑카위항을 벗어나 인천으로 향하는 12일간의 항해를 시작했다. 인천해양경찰 전용 부두에서 대기하고 있는 동료들의 격려를 받으며 입항했고, 모든 일정을 마무리하며 같이 다녀온 기자 및 해양 관련 관계자와 석별의 인사를 나누고 각자의 자리로 돌아갔다.

나의 직업은 해양경찰이다

19화

"저 사람 좀 잡아 주세요."

2010년 9월 11일 가을 바다는 바람이 조금씩 불어오고 하늘에는 갈매기 울음소리를 들으며 각자 맡은 직무를 다하고 있을 무렵 오후 3시경 해양경찰청으로부터 진해에서 정기 수리를 하라는 지시가 떨어졌다. 3,000톤급 및 여타 함정도 약 2년마다 60일 정도의 기간으로 정기 수리를 하게 되어 있다. 고장을 예방하고 서해 바다의 안전을 지키기 위해 하는 수리이기 때문이다. 9월 19일 진해로 수리를 위해 3,000톤급 함정은 인천항을 출발하여 약 2일간의 항해로 진해 해군 수리창 상가대에 입창, 배를 육상 시설에 올려 수리를 진행하고 있었다. 매일 아침부터 오후 6시까지 각종 장비 수리를 진행하면서 재미있는 이야기도 있고 보람된 일도 있었다. 당시 나는 배의 승조원을 위해 경리 업무를 하고 있을 때였다. 함정의 식사를 전담하는 부서로 위생 및 승조원의 건강을 위해서 움직인다. 간식도 구입해서 각 부서에 공급해야 하고, 근무 시간이 끝나면 한 달에 한 번씩 회식 자리도 마련 추진해야 하는 일로 힘든 부분이 아주 많다.

진해수리 5일째 오후 6시 업무가 끝나고 당직 근무자를 제외하고 외출을 나간 배 안에는 그 많은 사람이 다 어디로 갔는지 실내 곳곳에는 적막감만 흐르고 있었다. 나는 경리 업무 서류 정리를 하기 위해 외부 외출을 하지 않고 사무실에서 일을 하고 있었다. 시간은 저녁 9시가 되어가고 있었다. 저녁을 조금만 먹어 배가 고파 당직자에게 닭 먹을 거냐고 물으니, 다들 먹자고 해서 본인의 차량을 타고 해군 초소를 지나 진해 시내로 나왔다. 저녁이라 각종 음식점에는 술잔을 기울이며 건배

나의 직업은 해양경찰이다

를 외치는 사람, 가족과 함께 식사하는 사람 등 사람들로 넘쳐나고 있었다. 진해 어디에 제일 맛있는 닭집이 있는지 인터넷 검색 후 한 곳을 찾아갔다. 마침 그곳은 닭을 주문하는 사람이 별로 없었다. 닭을 기름에 넣어 요리 하고 있는 사장은 30대 초반의 젊은 사람으로 혼자서 열심히 일하는 모습을 보니 보기 좋았다.

사장에게 닭 5마리와 콜라 등을 주문했다. 뒤에 20대 초반의 남자도 주문을 기다리고 있었다. 약 15분이 지나갈 무렵 건물 옆 아주 작은 골목 안에서 급하게 달려 나오는 한 남자가 보였다. 그 뒤로는 아주머니가 쫓아오고 있는 장면이 눈에 들어왔다.

도망가고 있는 남자는 우리 옆을 지나 전력 질주로 도망가고 있었고 그 뒤에 따라오는 아줌마는 우리를 향해 "저 사람 좀 잡아 주세요!" 라고 외치며 계속 쫓아가고 있어 닭을 굽고 있는 사장도, 주문을 기다리는 젊은 친구도 이거 뭐지, 서로의 얼굴을 보며 어떻게 해야 할지 몰라 했다. 나도 모르게 갑자기 직업병이 발동되어 그 사람을 쫓아가기 시작했다. 거리는 약 100m 정도 떨어져 있어 보통 사람은 추격하기가 쉽지 않다. 나는 어릴 때부터 육상부 선수를 했다. 중학교 1학년 때 100m를 13초를 뛰었던 기억이 난다. 그 당시도 몸무게 60kg의 체중을 지니고 있어 아주 가벼운 상태라 뛰는 데는 문제가 없었다. 열심히 달려 거리가 약 50m까지 좁혀졌다. 30분을 달려 손에 잡힐 만큼의 거리까지 추격하여 마침내 도망가는 남자의 상부 목 부위의 옷깃을 잡으면서 상대의 오른쪽 정강이를 걸어차 땅바닥에 눕혔다. 상대의 등을 무릎으로 누르면서 생각했다. 야간에 여자가 "잡아 주세요!"라고 말하면 최소한 야간에 일어나는 여러 범죄가 머릿속에 떠올랐다. 최소한은 뭐가 있구나 생각하면서 넘어진 남자에게 말했다. "당신 뭐 하는 사람이야?" 남성이 갑자기 당신은 뭐 하는 사람이냐고 물어 경찰관이라고 말하니 그 남자는 한동안 가만히 있었다. 10분 후 도움을 요청한 여자가 도착해 물었다.

아줌마 어떻게 된 일이냐, 하고 물으니 여자도 마찬가지로 한 50초간 말을 하지 않고 있어 나는 머릿속이 복잡하면서 뭔가 이상함을 느꼈다. 여자는 한숨을 내쉬며 작은 소리로 말을 했다. "저희 남편인데요." 나는 귀를 의심했다. "뭐라고요?" 다시 말하라며 물으니 자기 남편이 맞다고 해 어이가 없었다. 마음속으로 큰일이라고 생각했다. 그 남자를 잡으면서 정강이 쪽을 차서 넘어지면서 약간의 타박상을 입고 있어 경찰관이 잘못하면 민원 신고의 대상이 될 수 있을 것 같은 생각이 들어, 잡고 있는 남자를 향해 일어나라고 말하고 여자를 보면서 말했다. 왜 도와 달라고 했냐며 위험하지도 않고 범죄를 당하지 않았는데 아줌마처럼 하면 누가 도와줄 수 있느냐며 부부를 향해 10분간 소리를 높이면서 말했다. 부부는 머리를 숙이며 정말 죄송하다고 4번에 걸쳐 다시는 이런 행동 하지 않겠다고 해서 가시라고 하고 나는 다시 닭집으로 방향을 돌렸다. 닭집에 도착하니 사장이 무슨 일이냐며 물어 위 상황을 설명하니 정말 이상한 사람들이라고 했다. 주문한 닭을 가지고

나의 직업은 해양경찰이다

해군 부두로 차량으로 이동하면서 걸어가는 그 부부를 발견하고 유심히 보니 서로 손을 잡고 이야기하며 웃으며 걸어가고 있었다. 지금 생각해 보면 진해는 비밀 술집이 많아 그곳에서 바람을 피우다 아내에게 들켜 도망을 간 것으로 생각된다. 함정으로 돌아온 나는 당직자 등 일부 직원이 왜 이렇게 늦게 오냐고 해서 위 사건을 설명하니, 다들 어이없어하면서도 좋은 경험이 되었다고 말했다. 범죄자로 확인되고 경찰서로 이첩했으면 표창받을 수 있었다며 웃으며 말했다. 그렇게 다음 날 일어나서 업무를 시작하면서 전날의 일을 생각했다. 나중에 세월이 흘러 나이가 들면 좋은 에피소드가 될 것 같았다.

20화

폭풍 속 사투 24시간

나는 중부지방 해양경찰청 인천해양경찰서 특수구난 1호정 정장으로 근무하고 있는 경위 황성준이다. 1992년 12월 26일 해양경찰관으로 임명되어 최일선 부서에서 열심히 근무하며 숱한 희로애락을 느껴왔다. 그중 지난 2004년도의 경험을 토대로 이야기를 시작해 보고자 한다.

2004년 10월, 나는 인천해양경찰서 소속 250톤(253함)에서 안전 부팀장 및 검문검색 팀장으로 근무 중이었다. 당시에는 서해5도 및 NLL선을 넘어 한국 영해 내측까지 중국어선이 침범하여 어획물을 싹쓸이하는 불법조업이 만연할 때였다. 불법 중국어선과 사투를 벌이던 그때를 생각하면 지금도 등골이 오싹하다. 한국 함정이 외해에서 우리 영토를 침범한 중국어선을 나포하면 연안으로 압송하게 되는데, 나눠진 경비 구역에 따라 호송 임무를 수행하게 된다.

도주 중인 중국어선을 추격 중인 해양경찰

나의 직업은 해양경찰이다

2004년 10월 2일 오전 9시경 인천 해경 전용 부두를 출항하여 같은 날 오후 1시경 경비 구역 도착, 해상 경비 활동 중 상황실로부터 3,000톤급 함정에서 나포한 중국어선 1척을 백아도 항계 내까지 호송하라는 임무를 부여받았다. 지시를 받고 약 두 시간을 이동하여 중국어선 1척을 인수받고 호송 임무를 수행하게 되었다. 호송 시에는 호송 요원 3명이 중국어선에 승선하여 안전 관리를 하게 된다. 당시 어선의 속력은 약 8노트로 백아도까지 6시간 정도 소요되었다. 호송 요원은 장시간 한곳에서 호송 임무를 하는 것이 매우 힘들기 때문에, 기상이 좋을 때는 다른 요원과 임무를 교대하여 호송하기도 한다. 기상이 나쁘지 않아 같은 날 오후 7시경 별 탈 없이 인계 구역에 도착한 우리는 100톤급 함정에 중국어선 1척을 인계하고 복귀차 경비 구역으로 이동했다.

다음 날 아침 이른 시간부터 바람이 불고 파도가 조금씩 높아지기 시작했다. 기상이 좋지 않으면 여러모로 어려움이 많기 때문에, 함정 승조원들은 그만큼 긴장하게 된다. 같은 날 오전 9시 30분경 상황실로부터 급한 연락이 왔다. 1,000톤급 경비함정에서 중국어선 2척을 나포했는데 기상이 더 악화되기 전에 호송 임무를 수행하라는 지시였다. 함장은 임무 수행 가능하다고 말했지만, 당시 내 생각은 달랐다. 해양과 관련된 학교를 졸업하고 외국선박을 승선한 경험을 바탕으로 바다의 특성에 관해 많이 알고 있었던 나는 기상이 급격히 나빠지면 승조원의 안전에 위협을 주는 일이 발생할 가능성이 있다고 생각했기 때문이다. 하지만 우리는 함장 지시에 따라 대청도 남단 3마일 구역으로 이동하게 되었다. 소요 시간은 약 6시간이 걸렸다.

오후 4시경 대청도 하단 3마일 해상에 도착할 즈음 1,000톤(1002함)급 함정이 보이기 시작했다. 옆에는 나포한 중국어선 2척이 계류되어 있었다. 1,000톤급 함정에 '중국어선 인계 준비가 되어 있느냐.'고 무전을 보냈으나 '아직 조사가 끝나지 않아 인근 해상에서 대기하라.'는 답변이 돌아왔다. 결국, 조사가 지연되어 한참을 대기해야 했고 기상은 악화되기 시작했다. 호송이 시작될 즈음에는 기다렸단 듯 풍랑주의보가 발효될 것만 같은 험악한 날씨였다. 점차 어둠이 다가와 어느덧 저녁 7시가 되었다.

더 이상 시간이 지체되면 호송 임무에 상당한 어려움이 따를 것만 같았다. 그때 1,000톤급 함정으로부터 약 10분 후 조사가 끝날 것 같다는 무전을 받았다. 즉시 호송 준비에 들어간 우리함은 호송 대원 3명씩 2개 조로 나누어 편성하였으며, 나는 1조를 책임지게 되었다. 잠시 후 1,000톤급 함정 단정이 우리 함 우측으로 계류했고, 우리 함 호송 대원 6명이 소형 단정에 몸을 실었다. 소형 단정은 1,000톤급 함정에 계류된 중국어선 쪽으로 이동했고 중국어선에 계류 후 증거 물품 및 조사 서류 등을 인수하고 줄을 걸었다. 선미도 섬까지 호송 임무가 수행되었으며 그때 시간은 이미 오후 8시경이었다. 중국어선은 약 7-8노트의 속력으로 천천히 항해를 시작했고, 선미도 도착 예정 시간은 다음 날 새벽 4시였다. 우리 함은 중국어선 앞에서 무전기와 가용 장비를 이용

나의 직업은 해양경찰이다

하여 호송 대원과 소통하면서 안전 항해를 유도했다.

아니나 다를까, 기상이 점차 악화되어 우리가 대청도 하단인 C구역을 항해할 때쯤 풍랑주의보가 발효되었다. 바짝 긴장한 나는 호송 대원 1조 조장으로서, 같이 승선한 직원 및 의경 대원의 안전에 대해 교육하고 정신을 바짝 차려야 한다고 말했다. 기상이 악화되면서 중국어선은 위아래로 요동치기 시작했다. 밖을 내다보니 우리가 탄 중국어선은 산 같은 너울(4~5m) 위를 넘으면서 위태롭게 항해하고 있었다.

약 2시간 후 신임 순경과 의경 대원의 상태를 확인하니 한창 멀미와의 전쟁 중이었으며 정신을 못 차리는 것 같았다. 호송 대원들에게 기상이 좋지 않을 때는 정신을 바짝 차리지 않으면 큰일 난다고 말했지만, 이미 두 명의 대원은 지독한 멀미에 괴로워했다. 나도 외항 상선을 타면서 태풍을 두 번 정도 만나 봤지만, 인천해양경찰서에 근무하면서 이번처럼 기상이 좋지 않았던 적은 없었다. 특히, 소형 어선을 타고 4~5m 파고를 넘어 항해한다니…. 정말 경험해 보지 않은 사람은 그 긴장감이 어느 정도인지 상상도 못 할 것이다. 높은 파도는 어선 선수를 세차게 때리며 밀려오는 바닷바람은 그 강도가 점차 강해졌다. 호송 대원 2명은 멀미로 정신없었지만 나는 정신을 차리고 집중하여 목적지까지 사고 없이 잘 도착해야만 한다는 생각으로 항해에 집중했다.

시간이 한참 흘렀다. 악천후의 영향으로 중국어선 계선기에 묶여 있던 줄이 풀려 조타실 우측 창문을 계속 때리고 있었다. 계속 그대로 두면 조타실 창문이 파손될 것 같아 줄을 다시 잡아매기 위해 울렁거리는 갑판에 나서기로 마음먹었다. 의경 대원에게 안전에 최대 유의하도록 교육 후 조타실 문을 열고 선수 방향에서 계선기가 있는 곳으로 이동하였다. 세차게 휘몰아치는 바람과 파도를 맞으며 천천히 전진하여 계선기 고정줄을 단단히 묶고 돌아왔다. 날씨는 더욱 악화되고 체력은 점차 고갈되어 갔다.

새벽 4시가 되었다. 선미도 섬을 약 5마일 남겨 두고 또 다른 문제가 생겼다. 중국어선 스크루에 어망 감김 사고가 발생한 것이다. 낭장망 어구(멸치를 잡기 위한 그물 같은 형태의 어구)가 많은 해역을 지나고 있다는 것을 잘 알고 있었지만, 악천후와 바다 전반에 깔려 있는 낭장망 어구들을 피해서 항해하기에는 무리였다. 중국어선 엔진은 자동으로 정지되었고 예인이 필요한 상황이었다. 급히 사고 내용을 본함에 알렸고 예인 요청을 하였으나 높은 파도로 인해 예인을 할 수 있을지 걱정이 되었다. 본함에서 넘겨주는 예인줄은 어떻게 받을까? 넘실거리는 파도에 의경 요원들이 혹여나 실족하지 않을까? 걱정하고 있는 찰나에 본함을 쳐다보니 이미 예인 준비를 시작하고 있는 모습이 보였다. 히빙라인을 우리가 있는 곳으로 줄을 던질 준비를 하고 있었다. 나는 어선 선미 부분에서 줄을 잡으려고 준비 중이었으나 본함은 파도가 너무 높아 중국어선으로 접근하는 데 상당한 어려움이 있어 보였다. 높은 파도로 인해 본함의 선수와 선미가 마치 시소를 타듯이 오르락내

나의 직업은 해양경찰이다

리락했다.

드디어 중국어선과의 거리는 약 10m 정도로 가까워졌다. 본함으로부터 히빙라인 줄이 날아왔고 정확히 중국어선 선미에 줄이 떨어졌다. 재빨리 줄을 끌어당겨 신속하게 중국어선 선수 쪽으로 가져가 즉시 예인색을 끌어올린 뒤 선수 비트 고리에 걸었다. 예인 준비 완료 신호와 함께 본함에서 서서히 속력을 올렸고, 그렇게 예인이 시작되었다. 중국어선에 타고 있던 우리는 어선의 안전 상태를 수시로 파악하며 선미도 섬까지 이동하게 되었다.

서서히 날이 밝아 오전 7시가 되었다. 드디어 100톤급 경비함정에 호송 임무를 인계할 수 있게 된 것이다. 그러나 선미도 근해에서 중국어선 인수차 기다리고 있던 100톤급 경비함정이 기상이 너무 좋지 않아 피항 구역으로 이동했다는 소식을 상황실로부터 듣게 되었다. 그리고 '힘들겠지만 인천항까지 계속해서 호송 임무를 수행하라'는 지시가 이어졌다. 중국어선을 인수받고 11시간째 호송 임무를 수행하는 바람에 몸은 이미 녹초가 되어 있었지만, 우리는 다시 항해를 이어 가야만 했다.

이왕 시작한 임무. 끝까지 완수하겠다는 다짐으로 우리 대원들을 격려하며 재차 항해를 계속해 나갔다. 기상이 너무 나빠 다른 호송 대원과 교대도 할 수 없는 실정이었다. 엎친 데 덮친 격으로 아침 8시부터 인천항계 내 시정주의보가 발효되어(짙은 안개) 눈앞에 보이는 것은 하얀 해무밖에 없었다. 한 치 앞도 보이지 않았다. 안전 속력으로 항해를 이어나가던 중 8시 30분경 또다시 사고가 발생하고야 말았다. 선수에 걸려 있던 예인색 줄이 악천후에 장력을 이기지 못하고 끊어져 버렸다. 예인하고 있던 253함은 해무 때문인지 이를 전혀 인지하지 못한 채 계속 항해를 하는 것이었다.

중국어선을 저대로 두면 세찬 비바람과 거센 조류로 인해 큰 사고가 발생하게 된다. 급한 마음에 통신기로 긴급하게 상황을 전파했다. 우리의 무전을 들은 본함에서는 레이더로 중국어선을 확인했으나 짙은 해무로 인해 접근이 어려워 정말 위험한 상황이었다. 나는 중국어선에 있는 스피커를 이용하여 크게 신호음을 내보내 우리 위치를 알리고 본함을 유도하였다. 이윽고 본함의 모습이 희미하게 보였고 내가 희미한 그 모습을 확인하였던 찰나 예인색 줄이 넘어왔다. 재빨리 선수부에 예인색 줄을 걸고 9시 30분경 다시 예인이 시작되었다.

나의 직업은 해양경찰이다

인천해양경찰 전용 부두로 호송되어 들어오는 중국어선

오전 11시. 드디어 인천해양경찰서 전용 부두에 무사히 도착했다.
중국어선 및 선원들을 외사계로 넘겨 임무를 완수하는 순간, 해냈다는 성취감과 함께 긴장이 풀리면서 다리에 힘이 빠졌다. 나는 가장 먼저, 안전사고 없이 일을 잘 마무리한 것에 대하여 우리 호송 요원들을 따뜻하게 격려해 주었다.

해양경찰의 자부심 하나로 폭풍 속에서 24시간을 함께했던 당시 동료들을 회상하며 본 이야기를 마칠까 한다. 후임 경찰관들에게 하고 싶은 말이 하나 있다면, 초심을 잃지 말고 해양경찰관으로 임명된 것을 자랑스럽게 생각하며 국민을 위해 열심히 일하면 명예가 따라온다는 것이다. 이 시간에도 열심히 자신의 임무를 완수하고 있는 전국의 해양경찰관들 화이팅!을 외쳐 본다.

나의 직업은 해양경찰이다

21화

해양경찰 특공대 후배의
파출소 체험기

2014년 2월 14일 인천 영종도에 자리 잡고 있는 하늘바다 파출소에 발령받아 근무했던 때, 해양경찰 특공대로 입사한 한 친구가 문득 생각이 나 지금부터 후배와 함께 파출소에서 근무했을 때의 이야기를 시작한다. 이곳 영종도는 인천광역시 중구에 속한 섬이다. 인천국제공항 건설에 따른 부지 확장 공사로 인해 면적은 63.81km이고 3,470여 세대에 8,900여 명이 거주하고 있다. 거주 인원은 2020년이 되면서 약 9,200여 명으로 더 늘어났다. 이곳 영종도 섬은 서쪽과 서남쪽으로 신도, 시도, 삼목, 용유, 무의도와 마주하며, 삼목, 용유도와는 연륙도로로 이어져 있다. 원래 이름은 제비가 많은 섬이라하여 '자연도'라고 불렀다. 조선시대에는 남양부 소속 영종진으로, 1875년 인천부로 이속되었다가 1914년 부천 군으로 편입되었다. 1973년에는 옹진군으로 편입되었다가 1989년 인천광역시 중구로 편입, 영종동으로 개칭되었다.

섬 중앙에 솟은 백운에는 1,300년 전 신라 문무왕 때 원효대사가 창건했다고 전해지는 고찰 용궁사가 자리 잡았으며, 갯벌 등 자연 생태계를 관찰할 수 있는 해양탐사학습장이 유명하다. 특산물로는 신선한 어패류와 영지버섯, 쌀과 태양고추가 있으며 굴, 백합의 양식업과 염전업도 이루어진다. 2001년 3월 29일 인천국제공항이 개항되어 영종도와 수도권을 연결하는 공항 전용 도로가 뚫려 있다. 영종도를 연결하는 다리는 영종대교와 인천대교가 있어 차량을 이용 많은 관광객이 찾아오는 곳이기도 하다.

우리가 근무하고 있는 파출소는 무의도 섬으로 들어가기 전 아주 작은 선착장 모퉁이에 있는 경찰 관공서로, 옆에는 횟집들이 즐비하고 대형 주차장이 있는 곳이다. 2014년 2월 14일 같이 발령받아 온 특공대 후배에 대해서 이야기를 시작한다. 해양경찰에 특공요원으로 입사, 잠수 직별을 가지고 여러 구조 활동을 참여하는 등 위험한 일을 많이 경험한 친구다. 특공대 출신은 보통 파출소에서 근무하는 경우는 그 당시는 어렵다. 나는 이 친구와 같은 조가 되어 근무하게 되었다. 즉, 말하면 이 후배의 사수가 되어 활동했다.

　고향은 경북 영덕 출신으로 군대는 특전사를 나와 해양경찰 특공대를 지원 입사한 친구로 이름은 장○○ 경장이다. 순찰차를 타고 다니면서 경찰관으로서 해야 하는 일, 단속은 어떻게 해야 하는지, 구조상황이 발생했을 때 어떤 판단력을 가지고 대처해야 하는지 등 전반에 걸쳐 습득을 할 수 있도록 했다.

인천 영종도에 있는 하늘바다 파출소 전경

파출소에 근무한 지 약 2개월이 흘러 2014년 5월의 일이다. 영종도 섬은 각종 사고가 많이 일어나는 곳이다. 많이 나는 사고는 갯벌에서 고립되어 일어나는 인명 사고가 있고, 해상에서는 레저 활동자에 의한 사고가 많다. 같은 달 5월 12일 영종도에는 북측과 남측 방조제 갯벌에서 밀물, 썰물에 의한 인명 사고가 다수 발생했다. 밀물, 썰물에 대해서는 일반 사람들은 잘 몰라 사고가 자주 난다. 첫 번째 '밀물'은 해수면이 높아져 해안의 바닷물이 육지 쪽으로 들어오는 것을 말하며 그 반대로 해수면이 낮아져서 빠지는 현상을 썰물이라고 한다. 특히 밀물 때 사고가 자주 나는 편이다. 그날도 후배와 영종도 일대를 순찰차로 사고 예방을 위해 순찰을 하고 있었다. 오후 2시, 전화기 신호음이 크게 울리고 있어 확인해 보니 영종도 남측 갯벌에 육지로 들어오지 못하고 고립되었다는 다급한 목소리 전화기 속에서 들려왔다. 신속한 구조가 필요하다는 전갈을 받고 사이렌을 울리며 순찰차의 속력을 올렸다. 같이 있던 특공대 출신의 후배는 뒤에서 구조할 장비와 슈터를 착용하고 있었다. 구조를 많이 해 본 유경험자로 몸에 익어 있었다. 약 10분을 달려 남측 갯벌에 도착했다.

영종도 남측 해안도로 갯벌

119 소방대도 도착하여 구조 준비를 하고 있었다. 갯벌에는 물이 빨리 들어오고 있었다. 서해에는 조석의 간만의 차가 커 물이 들어오는 속도는 빠르기 때문에 신속한 구조를 못 하면 생명을 잃을 수도 있다. 차에서 내린 후배는 빠른 몸 돌림으로 갯벌 방향에서 들어가기 위해 준비를 했다. 옆에 있던 119 대원도 같이 준비하면서 누구 하나 들어

가는 걸 망설이고 있었다. 이해는 되었다.

소방은 육상, 강에서 일어나는 구조 사항만 하다 보니 바다에서의 구조는 처음인 것 같아 나는 후배에게 말해 같이 이끌고 들어가라고 말해 후배는 소방 구조대와 합동으로 물이 세차게 들어오는 물속으로 들어갔다. 물이 들어올 때는 바람과 파도의 높이가 강해져 구조하는 데 많은 어려움이 있다. 약 30분 정도를 사고가 생긴 지점을 찾기 위해 물 위를 돌아다녔다. 아무리 찾아도 실종되었다는 사람은 찾을 수가 없었다. 약 1시간이 지나 물은 육지로 다 들어와 최종적인 판단이 필요했다. 경찰서 상황실로 전화를 하여 요구조자를 찾을 수가 없다고 보고하고 실종자 수색으로 전환하여 갯벌 동, 서로 돌아다니면서 실종자를 찾기 시작하여 날은 점차 저물어 가고 있었다.

영종도 밤하늘에는 날이 저물어 수색을 할 수 없는 상황이 되어, 나와 후배는 지친 몸을 이끌고 파출소로 복귀했다. 우리는 샤워를 하고 야간 근무를 하면서 후배에게 말했다. 오늘 정말 열심히 했고 구조상황을 잘 대처해 나가는 모습이 보기 좋았다며 칭찬했다. 후배는 국민의 생명을 지키기 위해서는 내 한 몸을 바쳐서도 할 수 있다며 어떤 어려움이 있더라도 내가 잘할 수 있는 일이 있다는 데 자부심을 느낀다고 말했다. 야간 24시간의 근무를 하고 파출소 직원 총원이 비상소집에 의해 출근하여 찾을 때까지 비상 근무에 돌입했다. 남측 갯벌의 길이는 거리로 약 3.5km 정도가 된다. 우리는 인원을 편성해서 2인조로 각 요소에 배치하고 수색을 시작했다. 그때 기억으로 약 3일간 수색을 한 것 같았다.

실종자 수색은 5월 12일에 시작되었다. 실종자는 3일 후 5월 15일 오후 1시경 갯벌에서 조개를 채취하는 어민의 신고로 발견되었다. 현장에 나가 있던 형사계 연락을 취한 후 경찰관 총원이 발견지점으로 이동했다. 실종자를 육상으로 옮겨 병원(영안실)으로 이송하기 위해 갯벌에서 사용하는 고무장화와 옷을 입고 들어가 이미 서늘하게 죽음을 맞이한 망자를 사체 포에 넣어 육상으로 올라왔다. 형사계 요원의 현장 검정절차를 마치면 병원으로 간다. 30분 후 형사계 요원들이 왔다. 사체 포 안에 있는 사람은 70대의 할머니로 어깨에는 조개를 채취한 가방을 메고 있었다.

실종자를 데리고 들어갔던 우리 직원의 말에 의하면 할머니 주변에 조개를 채취한 큰 그물 망태기도 있었다고 한다. 정말 안타까운 사고로 운명을 달리하신 70대 할머니를 보면서 이런 생각을 했다. 자식들 다 키워 놓고 손자들 용돈이나 좀 주려고 갯벌에서 재취한 많은 양의 조개를 몽땅 가지고 오려고 하다가 물 들어오는 시간을 놓쳐 사고를 당한 것으로 생각되어 자식 같은 나이로 보기가 좋지 않았다. 형사계 검정절차를 마치고 병원 운구차에 실어 병원으로 가는 것을 보고 우리도 3일간 고생한 직원들에게 서로 고생했다는 말을 전달하며 파출소로 복귀하고 그날 근무자를 제외하고 힘든 몸으로 집으로 퇴근을 했다. 파출소로 발령받아 약 6개월이 흘렀다. 후배에게 많은 것을 배우게 했다. 순찰하면서 단속하는 방법, 기소중지 수배자 처리하는 방법 등 습득하면서 하나에서 열 가지 이상을 더 배운다는 자세는 참 보기 좋은 친구다. 후배는 파출소에 발령받아 이런 이야기를 한 적이 있다. 자기는 구조업무에 특화된 사람이다. 많은 잠수 수색으로 인해 잠수병의 일종인 눈의 시력이 떨어지는 현상을 많이 겪어 잠수에 어려움이 많았다며 구조업무를 할 수 없는 때를 대비해서 이곳을 지원했다고 했다.

2014년 10월 3일, 가을 바다 수평선 멀리서 불어오는 바다 향기를 맡으며 해안가 주변에는 갈매기 소리가 귓가에 들려오고 선착장에는 조업을 위해 그물을 손질하는 어민들이 보였다. 우리는 오후 1시까지 식사를 마치고 후배와 나는 사무실에서 각종 행정 서류를 정리하면서 경찰관으로서 기본 조서(진술조서)를 꾸미는 방법을 알려 주면서 시간을 보내고 있었다. 오후 6시, 또다시 순찰 시간이 되었다.

관내 우범지역을 순찰하기 위해 차를 타고 나갔다. 약 40분 정도차량으로 순찰을 하고 있었다. 오늘은 후배가 운전하면서 관내 지형을 파악했다. 북측 해안가를 가고 있을 때 갑자기 후배가 차를 세웠다. 나는 왜 그러냐? 물었다. 운전 중에 차량 안에 있는 사람과 눈을 마주치는 순간 자신을 피했고, 수상하다는 느낌을 받아 수배 조회가 필요할 것 같아 차를 정지했다고 했다. 그러면 혼자서 검문검색해 보라 하니

해가 저물어 가는 파출소 앞 선착장

잘 할 수 있다며 주차되어 있는 차량으로 가서 경례를 하고 신분증 제
시 요구했다. 그 모습은 정상적으로 일하는 것으로 보였다. 조회 단말
기로 수배 조회를 해 보니, 도로교통법 수배 B전과가 있어 임의동행을
요구하여 파출소로 이동했다. 가면서 나는 생각 했다. 눈빛만 보아도
범죄자를 색출하는 것은 정말 힘들기 때문에, 속으로 이제 다 배웠다
고…. 수배자를 조사실에서 혼자서 행정적인 부분까지 처리하는 과정
을 보면서 역시 배우는 자세로 덤비면 무엇이던 할 수 있다는 한 사례
를 보여 주고 있다.

후배는 진중한 자세로 수배자를 처리하고 있었다. B급 수배자는 벌금을 내지 않은 경우가 대부분으로 벌금을 현장에서 검찰청 계좌에 입금하면 수배된 죄는 소멸한다. 아니면 벌금을 못 내면 검찰청으로 신병을 인도해야 한다. 일부 그런 경우도 있다. 조사 결과 벌금을 내지 못하는 사정이 있어 수배자를 차에 탑승시켜 인천 지방검찰청으로 신병을 인계하고 돌아왔다. 나는 후배에게 말했다. 더 이상 배울 것이 없다고 알아서 모든 일을 잘 처리하고 어렵고 이해가 되지 않는 부분은 꼭 선배들에게 물어서 처리해야 한다고 말하며 파출소에서 적응하는 특공대 후배 잘 되어가는 것을 보면서… 여러 곳에서도 항상 최선을 다하는 후배가 되기를 응원하면서 화이팅!이라고 말해 주고 싶다.

22화

서해 바다는 지금 중국어선과
전쟁 중이다

2004년 9월부터 2017년 8월까지 서해 바다는 중국어선과 전쟁 중이었다. 2004년 초창기는 서해 바다에서 잡히는 어획물이 풍성하여 바다에 나가는 어선은 만선의 기쁨을 누리며 입항했다. 주로 꽃게 등 여러 종의 어획물이 많이 잡혀 어민들의 주머니 속을 채워 생활하는데 활력이 넘쳐날 때이다. 언제부터인가 서해 해상에 중국 어선들이 우리 해역을 침범하여 각종 어획물을 잡기 시작했다. 일반 사람은 잘 모르기 때문에 우리 해역에 대해서 설명해 볼까 한다.

배타적 경제 수역은 영해 기선으로부터 200해리에 이르는 영해를 제외한 수역으로 해당 바다에 가장 인접한 연안국은 배타적 경제수역에서 어업활동과 해양자원의 탐사·개발·이용·관리 등에 관한 경제적 활동의 권리가 보장된다. 쉽게 말해서 국내 배타적 경제수역 내의 수산 동식물(어종 및 어패류) 및 해양자원에 대한 권리는 우리에게 있다고 보면 된다.

우리나라는 일본, 중국 사이의 바다가 좁아 배타적 경제 수역이 겹치므로, 어업 협정을 체결하여 수산 자원을 관리하고 있다. 중국어선이 우리 구역으로 무분별하게 침범하여 수산 동식물의 치어까지 씨를 마르게 하고 있다. 이로 인해 우리 어민들의 어획량이 점차 줄어 생업에도 위협받고 수산물을 소비하는 국민에게도 피해를 매년 주고 있다. 이러한 피해를 줄이고 우리 해역에 있는 어획물을 지키기 위해 어두운 밤바다를 지켜 나가는 사람들이 있다. 바로 해양경찰관 들이다.

나의 직업은 해양경찰이다

1995년 500톤급 함정에 있을 때도 서해 배타적 경제 수역 내에서도 가끔 중국어선이 들어와 조업하는 경우도 있었다. 그때는 중국의 생활은 우리나라 1970년대 생활 수준의 모습을 하고 있다. 중국어선이 한두 척의 배만 수역 내에 들어와 고기를 잡는 것을 발견해 접근하면 보기 무섭게 도망치기 바빴다. 많은 척수는 아니지만, 그때는 출항할 때 20kg 자루에 자갈을 담아가 중국어선 쪽으로 던져 퇴거 유도하던 시절도 있었다.

1998년도부터 서해 해상에는 중국어선이 수십 척 모여들어 우리 수역으로 침범 불법조업을 시작하면서 어종이 고갈되는 어민을 보면서 해양경찰에서도 대응 전략을 세워 나포하기 시작했다.

그 시절에는 접근 나포하면 중국 선원들이 폭력을 하지 않았다. 2005년부터 중국어선의 수가 증가하면서 20여 척씩 조를 형성, 배타적 경제수역을 불법 침범 국내 어종을 싹쓸이하면서 조업을 감행했다. 점점 중국어선의 선원들 및 어선 옆으로 와이어 창살을 꽂는 등 점차 흉폭해지면서 해양경찰청 지휘부에서도 대응 수단을 높여 나포할 수 있도록 하였다.

위험한 중국어선 나포 장면

　2011년 나는 3,000톤급 함정에서 고속단정을 몰았다. 나의 임무는 중국어선을 발견하면 도망가는 중국어선 쇠창살을 치면서 배를 안전하게 계류시켜 나포 요원이 올라갈 수 있도록 했다. 중국어선은 점차 지능화되어 기발한 아이디어로 우리가 등선하지 못하게 용접으로 방호벽을 높게 설치하는 것과 최근에는 조타실 문으로 들어오지 못하게 하는 경우도 있다.

　서해는 점차 중국어선이 늘어 조타실에 있는 레이다로 보면 큰 섬이 바다에 있는 것처럼 수가 수천, 수만 척이 있는 것 같았다. 꼭 날씨가 안 좋은 날에 우리 해역에 들어와 고기를 잡아 높은 파도를 헤치며 위

나의 직업은 해양경찰이다

험하게 나포했다. 주로 야간에 많이 하기 때문에, 하늘에 달이 떠 있으면 앞이 보이기 때문에 괜찮았다. 하지만 암흑천지인 경우는 앞이 보이지 않아 높은 너울성 파도를 넘는 것은 아주 위험한 작전이다.

3,000톤급 대형 함정을 약 2년간 타면서 많은 중국어선을 나포했다. 대형 함정뿐 아니라 300톤 함정 어디를 근무해도 불법 중국어선 나포는 없어질 때까지 계속할 수밖에 없다. 중국어선 나포 요원은 체력이 떨어지면 안 된다. 함정 내에 있는 체육실에서 운동으로 체력을 보강해야 한다. 폭력을 일삼는 중국어선 선원들과 격투를 벌일 수 있기 때문이다. 일반 사람들은 잘 모를 수 있다. 배 안의 체육실에서 운동하는 곳이 있다는 의구심이 있을 수 있다. 3,000톤급 함정은 육상의 아파트를 비교하면 6~7층 높이의 건물이 바다에 떠 있다고 보면 된다. 함정 안에는 3~40명이 사용하는 식당과 침실이 있고 아래에는 운동을 할 수 있는 4~5평 정도 되는 체육실, 사우나실, 독서실, 노래방 시설을 갖추고 있어 생활에는 문제가 없으나 흔들리는 배 안에서 8일 동안 있는 것은 안 해본 사람은 힘들 것이다.

나는 수많은 나포 작전에 참여하면서 약 2년을 뒤로 하고 같이 있었던 동료들과 헤어져 11월에 300톤 함정으로 발령났다. 그곳도 마찬가지로 배의 안전을 책임지고 있는 안전팀장을 하면서 중국어선 나포를 위해 고속단정을 몰았다. 그해 12월 12일, 안 좋은 소식이 들려 왔다.

인천시 옹진군 소청도 남서쪽 87km 떨어진 해상에서 불법조업을 하던 중국어선을 단속 나포하기 위해 이청호를 포함한 대원들이 조타실로 투입, 작전을 진행하는 과정에서 중국인 선장이 흉기를 이용 격렬하게 휘두르며 저항하는 과정에 경장 이청호, 순경 이낙훈을 중상을 입혀 후송 도중 과다출혈로 사망했다는 비보를 듣고 나는 방안에서 울었던 적이 있다. 300톤으로 발령이 나고 불가 한 달이 지난 시점에 사고가 나서 정말 슬펐다.

이청호는 육군 특전사를 나와 해양경찰특공대 요원으로 근무하는 동료이며 3,000톤급 선박에서 근무할 때 매일 같이 운동하면서 친해진 정이 많은 사람이다. 항상 무엇을 하면 열정을 가지고 일에 임하는 친구로 기억된다. 자기가 맡은 일은 끝까지 책임을 지는 친구로 주변 사람들로 칭찬이 자자했다. 날로 흉폭해지는 중국어선으로 인해 목포에서 순직한 박경조 경위 등 여러 해양경찰관들이 부상당하는 사건들이 아주 많았던 시기였다. 그렇게 우리는 떠나간 이청호 경장을 생각하며 중국 어선들과 매일 어두운 밤에 나포를 위해 목숨을 담보 할 수 없는 전쟁을 하면서 중국 어선들이 사라질 때까지 직전은 계속되었다.

2012년 2월 10일, 상황실로부터 급한 전보가 왔다. 북방한계선 남쪽 우리 해상을 약 4마일을 침범한 중국어선을 나포하라는 명령이다. 300톤 함 내에 있는 특수기동대 요원을 식당으로 소집했다. 나포하기 전 사전 준비가 필요했기 때문이다. 각종 진압장구 및 무기(K-5 권총, K-1

자동소총)를 점검하고 특수요원끼리 진입을 어떻게 해야 하는지 작전 회의를 했다. 약 1시간의 회의를 마치고 도착할 때까지 준비에 만전을 기하고 대기했다. 주로 300톤은 나포한 선박을 호송하는 임무를 주 업무로 했으나 처음으로 우리 배가 독단적으로 나포 작전을 시작했다.

중국어선 나포 장면

　도착지점 6마일 전 해상에 정지하고 고속단정을 내렸다. 단정에는 나를 포함한 7명이 탑승했다. 조타실에서는 해군에게 지원할 수 있도록 했다. 나는 약 30노트의 속력으로 북쪽 방향으로 운전하면서 올라 갔다. 단정에 타고 있는 요원들과 소통하면서 작전을 원활하게 할 수 있도록 했다. 약 1시간을 올라가면서 북방한계선 아래에서 경비 중인 해군함정을 발견하고 통신기로 중국어선 방향으로 올라갈 것을 요청 했다. 우리는 해군이 일으킨 파도 뒤에 바짝 붙어 올라갔다. 이상하게

도 중국어선은 해군이 접근해도 도망가지 않는다.

　중국어선이 눈앞에 보일 때까지 고속으로 올라갔다. 약 10분 후 중국어선이 보이기 시작하여 해군 뒤에 있던 우리는 옆으로 치고 나가 빠른 속력으로 올라가 불법조업 중국어선에 배를 붙이고 나포 요원을 등선 시켰다. 각자 쓰고 있는 헬멧은 대원들과 통신이 가능하다. 나는 지시를 내려 빨리 조타실을 장악하라고 말했고, 올라간 대원들은 알아듣고 조타실에 있는 선장 등 선원 6명을 제압하여 선수 갑판에 모두 머리에 손을 들고 앉아 있도록 했다. 조타실에는 배의 조종간을 남쪽으로 돌려 8노트의 속력으로 남하하여 안전한 구역에서 불법조업에 대한 법 절차에 따라 조사를 진행하고 인천 해경 전용 부두로 중국어선을 이끌고 약 10시간의 항해를 거쳐 입항했다. 선원들은 외사계로 인계하면서 정리되었다. 2020년 중국어선의 활동은 세균병 코로나로 인해 서해 바다는 현재까지 조용한 편이며 언제 또다시 우리 해역을 침범하여 불법조업을 일삼을지 몰라 항상 대비하는 자세로 있어야 한다.

나의 직업은 해양경찰이다

23화

자유를 찾아 남으로 내려온
북한 가족

2012년 자유를 찾아 내려온 한 탈북 가족의 이야기다. 우리나라에는 탈북민이 많다. 언론매체에 따르면 1998년부터 2019년도까지 국내에 들어온 탈북자의 수는 총 33,523명이고, 여성이 차지하는 비율은 73% 다. 북한 이탈주민은 1990년대 중반, 북한의 식량 사정 악화를 계기로 꾸준히 증가하기 시작하였으며, 1999년을 시작으로 100명, 2002년 1,000명을 넘어선 이래 2006년에는 2,000명을 초과하였으며, 2007년 2월 북한 이탈주민 총 입국자 수가 1만 명을 넘어섰고, 2010년 11월에는 2만명을 넘어섰다.

1998년도까지 국내 입국자는 948명에 불과했으나, 지속적으로 증가하여 이후 3년간 (1999년-2001년) 1,043명이 입국했다. 2005년 이후 지속적으로 증가 추세를 유지하다 2012년 이후부터 입국 인원이 감소 추세가 되었고, 2017년도는 1,127명이 입국했다.

2000년대 이후의 북한 이탈주민의 국내 입국 급증 원인은, 탈북자들이 평균 4~5년의 해외 체류 중 북송위험 등 정착에 한계를 느끼는 상황에서, 보다 나은 삶을 찾아 한국으로 입국하려는 시도가 증대한 데 큰 이유가 있으며, 제 3국에서 우리 공관에 들어간 탈북자들에 대한 우리 당국의 지원 및 한국에 기입국한 가족의 입국 지원 활동 증가도 영향을 미쳤다.

2000년대 중반부터 입국하는 북한 이탈주민들이 급격히 증가하기

나의 직업은 해양경찰이다

시작한다. 이 시기 입국한 많은 수의 북한 이탈주민들이 공통적으로 전하는 북한 사회에서 발생한 변화 중 매우 두드러진 현상은 '시장화'이다. 시장의 확산 속도는 매우 빨랐고, 북한 사회 전반에 미친 시장의 영향은 광범위했다. 특히, 시장화는 북한 주민의 의식주 생활을 크게 변화시켰다.

여성의 입국 비율은 1989년 이전에는 7%에 불과하였으나, 1997년 35%, 2000년 42% 등 꾸준한 증가 추세를 보이다가, 2002년을 기점으로 남성 비율을 넘어서게 되었다.

정부는 외국에서 체류하고 있는 북한 이탈주민이 한국행을 희망하는 경우, 인도주의와 동포애 차원에서 전원 수용한다는 원칙하에 국내법과 UN 난민협약 등 국제법에 부합되게 이들은 보호수용하고 있다.

2012년도 9월 14일 서해 해상으로 선박을 이용 자유를 향해 남쪽 이남으로 탈북한 한 가족이 생각난다. 나는 300톤급 중형 함정을 타면서 그날도 서해 해상에서 치안 경비 중이었다. 날씨는 해상의 파고 1.5~2m 풍속은 8-10m/s로 다소 안 좋은 날씨로 오후부터는 기상이 더 나빠질 것 같아 덕적도 서방 20마일 해상에까지 내려와 경비 활동을 하고 있었다.

오후 12시 식사를 마치고 당직근무를 위해 조타실로 올라갔다. 조타실에는 약 5명이 근무를 하고 있다. 대형 함정보다 중형 함정 조타실은 많이 좁은 편이다. 두 명은 좌, 우로 나누어진 레이더로 주변 해역을 검색하고 나머지 인원 중 1명은 의경 요원으로 조타기를 잡는다. 이외 1명은 무전을 책임진다. 조타실에서 약 1시간이 흘러 해군의 요청으로 상황실로부터 전화가 왔다. 어로한계선 이남 해역에 약 5마일 밑에까지 중국어선으로 추정되는 선박 있어 확인하라는 지시다. 이남 해역인 C구역까지 가려면 약 4시간이 소요된다. 해상의 날씨는 점차 나빠지고 있었다. 1시간을 달릴 때쯤 풍랑주의보가 발효되었다. 선수에는 큰 파도가 넘어오고 배는 좌우로 흔들기 시작했다. 3시간 후 오후 4시경 C구역 해상에 도착 3마일 남겨 두고 조타실 좌우에 견시 요원을 배치하고 주변 해역을 탐색했다. 얼마 지나지 않아 레이더에는 작은 선박이 나타났다. 우리는 기상이 좋지 않아 통상적으로 중국어선 퇴거 준비를 했다. 중국어선이 있는 선박 약 2마일까지 접근했다.

그런데 선박의 형태 등 많은 것이 이상했다. 중국어선은 아니며 선박의 형태를 자세히 보니 북한어선인 것을 직감할 수 있었다. 나는 쌍안경으로 북한 선박 주변을 보고 있었다. 운전하는 어선의 조타실 옆에는 하얀 깃발을 달고 있어 탈북한 어선인 것을 알 수 있었다. 선박 위에는 아무도 없어 약 500m까지 접근하여 기적소리를 3회 정도 울리니, 안에서 3명이 밖으로 나와 손을 흔들기 시작했다. 정확한 확인을 위해 북에서 남으로 탈북을 했느냐 맞으면 손을 흔들 것을 요구하니 그렇다는 표시를 보내 상황실로 전화 및 긴급 전문을 발송했다.

30분이 지난 오후 5시에 상황실로부터 지시가 내려왔다. 안전하게 사람들을 배로 옮기고 북한 선박을 예인하여 입항하라는 지시를 받고 북한 선박에게 경비함 우현으로 계류하라는 메시지를 보냈다. 기상이 많이 안 좋아 계류하는 데 약 30분이 소요되어 오후 6시경 경비함정 우현에 안전하게 붙어 경찰관 3명이 내려가 배 안에 있는 사람을 경비함정으로 올려보냈다. 배 안에는 어린이 포함 가족으로 보이는 여러 사람이 나왔다. 그때의 기억으로 대략 12명(성인 남자 4명 성인 여자 4명 어린이 4명 등) 정도의 인원이 경비함정으로 올라탄 것 같았다. 며칠을 항해서 오는지 얼굴 등 옷차림이 엉망이었다. 간단한 조사를 통해 확인해 보니 이들은 총원 가족이었다. 인원의 수가 많아 배 안에는 수용할 수 있는 구역이 부족해서 복도에 자리를 깔고 있도록 했다. 오후 6시가 되어 식당에는 저녁 식사 준비가 한창이었다. 배 안에는 음식 냄새로 진동하고 있어 탈북 가족 중 어린이는 그 냄새를 맡고 배가 고파 칭얼거리기 시작했다. 내가 '조금만 기다려 맛있는 밥 줄게'라고 말하니 우는 것을 멈추고 웃음을 보였다.

식당으로부터 식사 준비되었다는 소식을 듣고 탈북자 가족을 식당으로 이동시켜 자리에 앉도록 했다. 다들 놀라는 눈치였다. 식당에는 고기와 제철 음식 등 여러 반찬이 있었다. 모두 식사를 하라고 하니, 가족 중 최고 연장자가 정말 고맙다고 하고 식사를 시작했다. 애들은 무슨 말인지 모르고 밥 앞에 얼굴을 박고 열심히 먹고 있고 다들 며칠을 먹지를 못해 다들 밥을 두 그릇을 먹으며 30분간 식사를 하고 마쳤다. 식사를 다 하고 가족 중 한 남자의 아내로 보이는 여자가 궁금한 것이 많은지 우리 경찰관에게 물어보기 시작했다. 대한민국에 오면 열심히 일하면 잘살 수 있느냐고 물어봐 대한민국으로 오신 여러 탈북자들이 있다고 말하고 우선 하나원이라는 곳에서 대한민국에서 적응을 하기 위해 여러 가지를 배워 사회로 나가서 살고 있다고 말해 주었다.

이 사람들은 입항을 후 조사를 마치면 하나원이라는 곳으로 갈 것이다. 하나원의 정식명칭은 '북한 이탈주민 정착지원 사무소'로, 북한 이탈주민들의 사회 정착 지원을 위해 1999년 7월 8일 경기도 안성에서 개원한 통일부 소속 기관이다. 부지 6만 7,138㎡에 본관·교육관·생활관 등 3개 동으로 구분되어 있고, 생활관, 교육관, 종교실, 체력 단련실, 도서실 등의 편의시설을 갖추고 있다. 2006년 3월 경기도 시흥에 분원이 개원되었고, 2008년 12월 시흥의 분원이 양주로 이전되면서 증축되었다. 그리고 2012년 12월부지 7만 7,402㎡에 교육관·생활관 2개 동으로 강원도 화천군에 제2 하나원이 개원되었다.

관계기관의 합동신문이 끝난 탈북주민들을 대상으로 한국 사회에 조기 적응할 수 있도록 12주간 총 392시간의 기본교육과 4주간 80시간의 지역 적응 교육으로 이뤄지는 사회 적응 교육을 실시한다. 이 기간 동안 문화적 이질감 해소, 기초 직업교육 및 훈련, 심리안정 등 정서 순화 교육, 역사교육, 지역사회의 이해, 건강증진, 취업, 경제교육 등이 이루어진다. 하나원 교육을 마친 탈북자는 호적을 취득하게 되고 정부

나의 직업은 해양경찰이다

규정에 따라 일정 금액의 정착금과 자격유무에 따라 취업 기회를 제공받으며, 해당 거주지에서 경찰에게 신변 보호를 받는다. 그러나 북한의 노동당 출신 등 특별관리 대상자는 별도의 정착지원 시설(안전 가옥)에서 보호를 받게 된다. 탈북주민들은 위의 내용처럼 잘 모르는 시민들은 참고하면 된다.

다시 경비함정에 승선한 탈북 가족에 대하여 이야기해 본다. 위 가족은 3가구로 형성된 친척으로 이루어진 가족이다. 그중에는 어린애를 포함하여 배를 타고 내려오면서 어려운 일도 많았다고 한다. 특히, 어린애들이 배에서 멀미 등 견디기 어려워 애를 많이 먹었으며 혹시나 다른 사람들에게 걸리지 않을까 불안에 떨면서 배를 탔지만, 또 하나 배에서의 고난과 역경을 참고 여기까지 와서 정말 기쁘다며 눈가에 눈물을 보이는 애들 어머니 옆에서 보는 우리도 가슴이 아팠다. 애들 중 한 친구가 생각난다. 애들 4명 중 제일 큰 친구는 키 150㎝에 몸은 아주 마른 체구의 친구로 나이를 물어보니 16세라고 하는 말에 놀랐다. 우리나라에 있는 친구들과 비교하면 말이 안 되는 몸을 가지고 있어 한편으로는 이해가 되었다.

어릴 때부터 영양분을 섭취해야 정상적으로 크는데 북한에서는 배급을 통하여 소량의 음식만 먹다 보니 그럴 수 있겠다 생각된다. 어린 친구에게 무엇을 제일 하고 싶은지 물어보았다. 자기는 공부를 잘해서 의사가 되고 싶다며 포부를 밝히며 북한에는 의료시설이 열악하며 처방할 수 있는 약 등이 많이 부족한 상태다. 심한 병에 걸리면 수술을 하지 못해 죽는 사람들도 많이 있다며 꼭, 좋은 대학을 가서 의사가 되어 통일이 되면 북한사람들을 위해 병을 고쳐 주고 싶다고 말했다.

발견된 북한 선박은 약 2톤 정도의 배로 경비함정의 후미에 예인색 줄을 걸고 약 8노트의 속력으로 인천항까지 10시간의 항해를 시작하였다. 자유를 찾아 험난한 일을 겪으며 남한으로 내려온 북한 가족은 피곤에 지쳐 대기 장소에서 잠을 청했다. 인천항이 다가오자 북한 가족들은 긴장하기 시작했다. 인천항에 입항하자 국정원 직원들의 안내에 따라 북한 가족들은 버스에 타고 이동하였다. 그날을 기억한다. 2013년도 대선 준비와 북한과의 관계 등 분위기가 좋지 않을 때 탈북한 북한 가족으로 언론매체 등 방송이 되지 않고 조용히 국정원 요원들과 가는 것을 보면서, 그 가족이 한국 사회에 잘 적응하여 행복한 삶을 누리기를 기도하면서 위 내용을 마친다.

나의 직업은 해양경찰이다

24화

공기부양선(hover craft)을 타고
갯벌을 누비다

일반 사람들은 공기부양선(hover craft)에 대하여 잘 모르는 것이 많다. 지금부터 공기부양선에 대한 설명과 근무할 때 있었던 일들을 이야기해 본다. 우선 공기부양선 원리와 특성에 대하여 말할까 한다. 호버크라프트(hover craft)란 선체에서 계속 분사되는 공기에 의해서 선체의 아랫부분과 지면, 수면, 혹은 다른 표면과의 사이에 형성된 공기부양실의 압축공기의 힘으로 부양, 지지하도록 설계된 선박을 의미한다. 다시 말하면 호버크라프트는 항공기와 선박의 중간 형태로 수상에서는 물의 저항을 극소화시켜 작은 추진 동력으로 초고속을 낼 수 있는 에너지 절약형 선박으로서 물 위에서뿐만 아니라 일반 선박으로는 운항할 수 없는 천수, 갯벌, 늪지대, 급류, 자갈, 모래, 빙판, 눈 위에서도 달릴 수 있는 수륙양용의 특성을 가지고 있다.

영국 그리폰 사에서 건조하여 사용 중인 공기부양선

나의 직업은 해양경찰이다

지면효과의 현상은 영국의 크리스토프 코커렐 경(Sir Christopher Cockerell)은 젊었을 때 자기의 보트를 더 빨리 가게 하기 위하여 궁리하던 중 일반 선박에서 불가피하게 발생하는 조파저항(wave-making resistance)과 선체 표면의 마찰저항(skin-friction resistance)을 감소시키는 방법으로 공기의 압력을 이용하여 선체를 들어 올리는 공기부양에 착안하게 되다.

그는 배의 길이를 증가시키고 폭을 좁게 만들면 조파저항은 적어지지만, 전체적인 표면의 마찰저항은 늘게 된다는 것을 알게 되었다. 문제는 이 마찰저항을 어떻게 하면 최소로 줄인 것인가, 즉 선체의 측면에서 발생하는 물의 저항을 감소시키는 방법만 알게 된다면 문제는 해결할 수 있을 것으로 생각했다.

코커렐 경은 이 문제를 생각하는 동안 물체가 어떤 표면상에서 이동할 때 발생하는 롤링과 미끄러짐의 두 가지 현상을 주의 깊게 관찰하고 분석했다. 예를 들면 도로나 철도 위를 지나가는 차량은 바퀴에 의해서 굴러가게 되고 모든 배는 물 위를 미끄러지면서 진행한다고 생각했다. 그리고 썰매나 스케이트는 위의 현상과는 달리 굴러가지 않고 사람의 체중에 의해서 눈이나 얼음의 표면이 녹아 물이 생기게 되며 이 물이 그 사이에서 윤활 작용을 하게 되므로 미끄러져 나아가게 되는 것도 관찰했다.

다음으로 코커렐 경은 공기가 물보다 더 좋은 윤활 작용을 할 것으로 기대하고 배와 수면 사이에 공기의 막이나 공기층을 형성시킬 수 있는 방법을 생각하기 시작했는데, 그는 진공소제기를 이용하여 이 문제를 해결할 생각으로 아내의 진공소제기를 빌려다가 바닥이 편평한 모형 배의 바닥에 홈을 파서 그릇을 거꾸로 놓은 모양의 배에 진공소제기의 모터를 거꾸로 장치했다. 공기를 빨아들이는 대신 배 밑으로 공기를 분사하도록 만든 결과, 물의 저항이 훨씬 줄게 되었습니다. 이 영국인 기사는 제트 비행기의 발명 이래 처음으로 새로운 형태의 교통수단의 원리를 발견하였으며, 그는 공개 시운전에 성공한 후 이것을 '날으는 배'란 뜻으로 호버크라프트라고 이름을 지었다.

공기부양의 방법으로는 공기부양 계통은 지면 효과 현상의 유지 즉, 호버크라프트의 선저 부분에 공기 쿠션을 유지시키는 시스템을 말한다. 공기쿠션의 기능은 배와 지면 사이의 마찰을 감소시키고 배가 달릴 때 발생하는 상화운동의 일부를 감소시키며 스프링에 매달린 것과 같은 작용을 하게 된다. 그리고 고속에서 승선감이 좋고 안전하며 선체의 중량을 선저의 전체 넓이에 분산시킬 수 있으므로 낮은 압력으로 들어 올릴 수 있다.

일반적으로 이 압력의 범위는, 소형 호버크라프트 98kg/㎡(950N/㎡ 혹은 20 lb/ft)이고 대형 호버크라프트는 약 342kg/㎡(3,350N/㎡ 혹은 70 lb/ft)정도다. 공기 쿠션의 많은 장점에도 불구하고 판의 주위로 공기가 너무 쉽게 빠져나가므로 부양 높이가 작아지게 된다. 이 때문에 초기부터 공기 부양실의 공기의 유출을 막아주는 방법이 검토되기 시작했다.

코커렐 경은 선체의 안쪽 방향으로 경사각을 주어 공기가 선체 하부의 사방 주변으로 분사되는 퍼리퍼널 제트 시스템을 고안하여 1955년 12월 영국 정부에 특허로 등록했다. 기본적으로 선체 구조의 공기 부양실 하단과 표면 사이로 공기가 새어나갈 수 있도록 한 프리넘 챔버 시스템은 1957년 프랑스의 한 기술개발회사인 베르뎅 에, 시사에서 개발한 것으로 알려져 있다.

해양경찰에서 도입하여 사용하는 공기부양정은 그리폰 8000TD 는 두 개의 공업용수에 의해 냉각되는 디젤 엔진으로 작동되는 완전 수륙 양용(水陸兩用) 호버크라프트다. 각 엔진은 도관 가변 피치 프로펠러와 두 개의 원심 부양 팬을 작동시킨다.

인천 항만을 순찰하는 해양경찰 공기부양선

선체는 용접된 해양 등급 알루미늄으로 만들어진다. 그것은 방수 섹션으로 세분화된 부력(浮力)이 있는 배다.

가장 앞쪽에 위치한 선실이 핵심 제어 선실이다. 핵심 선실보다 약간 높이 위치하여 승무원들은 그들의 자리에서 360°로 주변을 관찰할 수 있다. 오퍼레이터는 항해사와 함께 핵심 제어 선실의 우현(右舷)에 앉거나 승무원과 함께 좌현(左舷)에 앉는다. 모든 기술적인 제어장치는 손쉽게 오퍼레이터의 손이 닿을 수 있는 곳에 위치한다. 전체 엔진 모니터링은 오퍼레이터의 앞쪽에 진열된다. 모든 주요 전기 시스템에 대한 제어는 오퍼레이터 및 항해사가 접근하기 쉬워야 한다. 독립적인 에어컨 시스템이 핵심 제어 선실에 제공된다.

나의 직업은 해양경찰이다

선실은 도처에 스탠딩 헤드룸(윗틈)을 가지고 있다. 그것은 양쪽에 창문을 가지고 있는 완전히 절연된 알루미늄 구조를 가진다. 선실은 좌석, 조리실 및 화장실을 가지고 있다. 선실은 완벽한 냉난방 장치를 갖추고 있다. 보트 덱(단정 갑판)은 우현 쪽에 위치하며, 작은 공기주입식 보트 한 척과 적재를 위한 크레인을 갖추고 있다.

단단한 분리식 사이드 덱(측면 갑판)은 수송을 위해서 제거될 수도 있는 알루미늄 선체 쪽에 장착되어 있다. 개방형 루프와 세그먼트 스커트(보호용 덮개)가 장착되어 있다. 쿠션을 떼면, 배는 표면이 마모(磨耗)되었을 때 교체할 수 있는 6개의 착륙 패드에 위에 얹혀 있게 된다. 모든 갑판의 표면은 미끄럼 방지 코팅으로 처리된다. 2016년 2월 16일 평택 해양경찰서에서 인천해양경찰서 공기부양선 기지가 있는 곳에 부장과 정장(조종사)으로 발령을 받아 약 4년간의 근무를 통하여 각종 구조상황을 경험하면서 있었던 일들에 대하여 말을 시작하겠다. 인천국제공항이 있는 곳에 공기부양선 기지가 있다.

이곳 영종도는 많은 국제 항공기들이 들어오고 나가고 한다. 1분에 3대에서 4대가 들어오고 나가기를 반복하는 세계에서도 알아주는 큰 공항이다. 첫 번째로 도입 당시 우리가 있어야 하는 이유는 영종도는 사면 곳곳에 갯벌이 많이 있다. 항공기가 갯벌 구역에 불시착하면 저수심이 많아 일반 배들은 접근이 어려워 구조하기가 힘이 든다. 이것을 보안하기 위해 공기부양선이 도입되었으며 다수 구조사항도 함께

하고 있다. 이곳에서 한 달이 지났을 때의 일이다.

공기부양선 기지

육지에 있는 사람들이 가정사 등 불화로 인하여 바다에서 자살을 시도하는 일이 많다. 2017년 4월 2일 토요일 오후 3시경 상황실로부터 연락이 왔다. 인천 강화대교에서 투신자살을 시도하고 있다는 내용으로 긴급 출항, 구조하라는 지시였다. 같은 날 오후 3시 11분 기지를 출발하여 강화대교로 이동하기 시작했다.

약 40분이 소요되는 거리로 이동 중 도착 10분을 남기고 강화대교 위에 있던 남자가 아래로 뛰어내려 실종이 되었다는 통보를 받았다. 강화도 다리 밑의 바다는 해류의 유속이 엄청 빨라 일반 사람들은 수영 등을 할 수도 없어 사고가 발생하면 사망에 이르는 확률이 매우 높

나의 직업은 해양경찰이다

은 곳이다.

그래도 마지막 희망을 가지고 전속력으로 이동하여 사고지점에 도착해 주변 해역을 광범위 수색했으나 투신한 남자는 찾을 수가 없었다. 매일 투신자를 찾기 위해 수색했으나 발견되지 않았고, 6일 뒤 물살에 의해 흘러가 넓은 바다에서 어선의 신고로 발견되어 경비정을 급파, 인양한 사례이며 여러 구조사항 중 기억에 많이 남는 일들을 몇 가지를 말해 본다.

1) 장봉도 응급환자 후송(2017년 6월 26일)

이곳 장봉도는 면적 7㎢, 해안선의 길이는 22.5km이다. 2020년 8월 현재 300여 세대가 거주하고 있고 이 섬은 인천에서 서쪽으로 21km, 강화도에서 남쪽으로 6.3km 해상에 위치하며, 부근에는 모도, 시도, 신도 등이 있다. 이곳에는 관광명소들이 많이 있어 찾아오는 사람들이 많은 곳이다.

2016년도 6월 26일 새벽 4시경 상황실로부터 장봉도에 응급환자를 후송하라는 신고 접수를 받고 새벽 4시 12분 영종 기지를 출발하여 15분 후 장봉도 옹암 선착장에 도착하여 상기 환자를 후송하기 위해 약 15분간 대기하다 경기도 부천에 거주하는 환자(76세)와 보호자 등 2명을 탑승 조치하고 이동하면서 환자의 상태를 확인해 보니 보호자의 말로는 야간에 갯벌에서 동호회 회원들과 조개를 채취하기 위해 가던 중

갑자기 호흡곤란과 왼쪽 가슴 통증을 호소하여 119에 신고하게 되었다는 거였다. 설명을 들은 후 환자 상대 간단한 응급조치를 하고 영종 기지에 대기하고 있는 119 응급차에 이송 조치한 내용이다.

장봉도 응급환자 후송

2) 조난선박(저수심 고립 카약)구조(2017년 7월 19일)

2017년 7월 19일 오후 9시 30분경 영종도 예단포 앞 해상에서 저수심(바닥이 접촉되는 수심)으로 좌주된 카약을 구조하라는 신고를 접수하고 오후 9시 36분에 영종 기지를 출항, 약 10분 후 상기 사고지점에 도착했다. 20분간 수색하다 고립되어 있는 카약을 발견하고 구조작업을 시작했다. 인천 영종도 및 인근 섬 지역은 밀물, 썰물에 의해 드러나는 갯벌이 많아 저수심일 때는 일반어선 및 선박이 이곳을 항해하는 것은 무리가 있다.

나의 직업은 해양경찰이다

이럴 때 공기부양정이 필요하다. 수심에 상관없이 땅이 있는 곳도 다닐 수 있는 공기부양선으로 구조된 사례들이 많이 있다. 카약을 공기부양선 우현 쪽에 올리고 고박 조치 후 인천에 거주하는 신고자 상대로 사고 경위를 물어보니, 오전 11시 30분에 예단포를 출항하여 인근에서 레저 활동하다 오후 점차 날이 저물어 출항지로 귀항하기 위해 들어가다 물의 저조로 인해 물길이 막혀 들어가지 못하고 갯벌에 좌주되어 해양경찰 상황실로 도움을 요청 구조한 사항이다. 해상에서 레저 활동하기 위해서는 바다에 대한 지식을 갖추고 해상의 지도인 해로드를 다운받아 사용하여 안전한 레저 활동이 될 수 있도록 해야 한다.

3) 좌주 고무보트 구조(2017년 10월 2일)

2017년 10월 2일 오후 5시 50분 해상에서 일어나는 각종 사고에 대처하기 위해 고립 등 각종 사고 위험 구역을 순찰하고 공기부양정의 엔진 온도 상승으로 인천 무의도 있는 실미도 섬의 갯벌 위에서 가열된 엔진의 열을 식히고 있었다. 그날은 비교적 좋은 날씨였으며 날은 점차 저물어 가고 있었다.

오후 18시 50분 상황실로부터 상엽도 인근 갯벌에 고립 좌주된 레저 활동자와 고무보트를 구조하라는 지시를 받고 오후 18시 55분에 실미도 섬에서 이동 약 10분 후 상엽도 갯벌에 도착하여 신고자를 찾기 시작했다.

해가 저물어 가는 갯벌 위 공기부양선의 모습

상엽도 주변 갯벌은 굴 따개비가 많아 우리도 갯벌 위를 이동하는
데 어려움이 있다. 공기부양선 밑에는 128장의 스커트에 바람을 만들
어 위로 올려 바닥에서 1.8m를 부양시켜 움직이는 부양선이다. 높게
형성된 조개 따개비를 넘어서 가는 데 어려움이 있을 수밖에 없다.

상엽도 인근 갯벌에서 구조 요청한 고무보트

나의 직업은 해양경찰이다

와이어와 연결된 링크 등 스커트에 찢어짐 등이 발생하면 외부로 공기가 빠져나가 부양하는 데 어려움이 있기 때문이다. 우리는 천천히 조심하게 이동하면서 신고한 고무보트 및 레저 활동자 5명을 찾아 본정에 탑승시키고 고무보트는 부양선 우현에 탑재, 고박시킨 후 이동했다. 바닷물이 들어오면 자력으로 나올 수 있으나 물 들어오는 시간은 새벽 4시로 야간에 기상 불량에 따라 위험한 상황이 발생할 수도 있기 때문에, 구조를 할 수밖에 없는 상황이다. 특히, 초등학교 5학년 어린 친구도 있었기 때문이다.

상엽도 갯벌에서 이동을 시작했다. 5분 후 부양선 엔진에 이상함을 느껴 정지하면서 엔진을 OFF 하는 순간 프로펠러를 돌리는 부양 벨트 3개가 끊어져 이동이 불가했다. 수리를 해야 이동할 수 있어 긴급 자체 수리가 필요했다. 구조한 다섯 명에게 양해를 구하고 기관을 책임지고 있는 기관장과 기관실 상태를 확인해 보니, 벨트 3개가 끊어져 비상 발생에 대비 보유하고 있는 벨트 3개를 약 3시간에 걸쳐 수리를 마쳤다.

구조된 일행 중 한 명이 해양경찰관도 이런 것도 하느냐고 물었다. 비상 상황에 대비할 수도 있다며 이야기를 해 주면서 이동했다. 구조된 일행은 다들 대단하다는 찬사를 보냈다. 신고자 상대 경위를 파악한 결과 영종도 덕교 선착장에서 5명이 고무보트를 승선하여 출항하여 실미, 무의도 인근 해상에서 레저 활동 후 입항 중에 현지 해역에 익숙하지 않아 저수심 구역으로 진입하다 좌주되어 고립되었다고 말했다. 레저 활동을 할 때 그곳 해역에 대하여 숙지하고 장비 등의 안전 유무를 확인하는 것은 필수이기에 이를 무시하고 활동하다 사고가 난 것으로 사료된다. 구조한 경찰관들은 몇 가지의 주의사항을 주고 안전한 레저 활동을 하라며 안전 구역에 하선시키고 영종 기지로 복귀했다.

4) 영흥도 충돌 낚시어선 선창1호 사고를 생각하며…

2017년 12월 3일 인천 영흥도 진두항 남서방 약 1해리 해상에서 3일 오전 6시 9분경 급유선 명진 15호와 낚시어선 선창1호가 충돌해 낚시어선이 전복되는 사고가 발생했다. 해상에서는 많은 사고가 난다. 2013년 이후부터 낚시 인구가 많이 늘어나면서 낚시어선 사고도 급격하게 증가하고 있는 것으로 나타났다. 특히, 인천 영흥도 앞바다 낚싯배 사고처럼 충돌에 의한 사고도 수시로 발생하는 것으로 나타났다. 2013년 이후 발생한 낚시어선 사고를 유형별로 보면 기관 고장, 추진기 장애 등으로 발생한 사고가 전체의 74.9%인 500여 건으로 나타났다. 또 73건은 선박의 충돌에 의한 사고이며 나머지는 좌초 59건, 침몰 37건, 화재 15건, 전복 1건 등으로 집계되고 있다.

그날의 기상은 겨울 날씨의 영하기온으로 아주 추웠다. 같은 날 오전 6시 10분 상황실에서 급한 지시가 내려와 영종 기지를 출발 영흥대교 사고 지점으로 이동하였다. 약 1시간 후 사고지점에 도착하기 전 주변 해역을 수색하라는 지시를 받고 영흥대교에서 갯벌이 있는 곳 위주

나의 직업은 해양경찰이다

로 집중 수색을 실시했다. 해상의 날씨는 점점 안 좋아지고 있었다. 풍속은 10~12m/s로 바람은 강하고 파고는 1.5m로 높게 일고 있어 수색하는 데 어려움이 많았다. 특히, 추위에 어려움이 많았다. 많은 인원이 투입되었고 수색 함정 및 일반 선박도 수색에 동참했다.

시간이 한참 흘러 야간이 되어 영흥도 사고지점에는 어두운 밤 해상을 밝히기 위해 조명탄을 쏘아 올리며 수색이 진행되었고 여러 선박들이 맡은 구역에서 수색하고 있었다. 우리도 책임 구역인 영흥대교 주변 해상에서 수색 중일 때 충돌 사고를 일으킨 똑같은 급유선도 나와서 수색 중이었다. 영흥대교 밑에는 다리 사이가 좁아 통과하는 데 어려움이 많아 천천히 통과하고 있을 때가 생각난다. 반대편에서 급유선이 오고 있어 우리는 안전 신호와 항무 통신으로 이쪽으로 접근하지 말라고 했으나, 상대방은 이를 무시하고 계속 접근하고 있었다. 운전하고 있는 정장에게 말했다. 빨리 좌현으로 조종간을 돌려야 된다고 말해서 좌현으로 급하게 돌려 약 1m의 간격으로 통과하여 충돌을 피할 수 있었다.

머리에는 식은땀이 흘렀다. 아찔한 순간이 아닐 수 없었다. 우현 탱크에 물이 차 조종에 어려움이 있어 제2의 충돌이 발생할 수도 있었다. 수산연구소 방향으로 이동하는 것은 거리가 너무 멀었기에, 배 상태를 확인하기 위해 바로 앞에 있는 갯벌에 올라가자고 했다. 배를 급하게 갯벌에 올리는 순간 우현 엔진이 정지되어 기관실 안을 보니 물이 가득 차 있었다. 원인은 높은 파도에 의해 기관실 쪽으로 물이 들어간 것 같았다. 배수 작업이 필요하여 우리가 가지고 있는 수동 펌프로 물을 다 제거한 다음 시동을 걸어 수산연구소 안전 구역인 갯벌로 이동했다. 바람은 점차 더 세게 불어 들어가는 데 어려움이 많았다.

갯벌에 올라가 있는 공기부양선

야간에는 더 어려웠다. 장시간의 수색으로 다들 지쳐갔다. 해상의 날씨가 많이 안 좋아 수색하는 데 어려움이 있어 수색을 중단하고 안전 구역으로 이동할 수밖에 없었다. 육지 가까이 공기부양선을 올려 대기 중, 물이 만조가 되면서 뒤에서 치고 올라오는 파도 때문에 배가 요동치며 밤을 지새운 일들이 생각난다. 약 1주일 정도의 수색 활동을 마치고 기지로 입항했다. 영흥도 낚시어선 수색은 해상에서 생활하는 선박 관계자 및 레저 활동을 위해 활동하는 모든 사람에게 안전에 대한 경각심을 일깨워 준 사고로 안전에 대한 마음가짐을 다시 생각해

나의 직업은 해양경찰이다

보아야 한다는 생각이 든다.

5) 서만도 무단 입도 야영객 적발(2019년 8월 17일)

서만도 섬은 인천광역시 옹진군의 북도면 장봉도 서쪽에 위치하는 무인도이다. 동쪽으로 동만도와 마주하고 있다. 배가 피할만한 '만'이 있었다고 하여 만도라고 표기했다는 설도 있다. 서만도와 동만도는 원래 하나의 섬으로 이루어져 있었는데 조수의 침식으로 인해 두 개의 섬으로 나누어진 것이라 전한다. 과거에는 만도리 어장으로 유명했던 섬이다. 이곳은 동만도, 서만도 섬은 법률에 정한 〈독도 등 도서지역의 생태계 보전에 관한 특별법〉으로 어떠한 사람도 이곳을 들어가면 안 되는 곳이다.

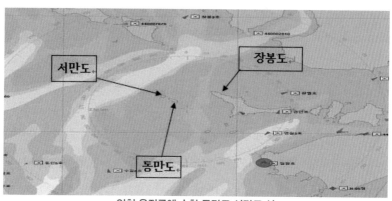

인천 옹진군에 속한 동만도 서만도 섬

2019년 8월 17일 우리는 영종도 공기부양선 기지에서 대기하다 오후 3시 35분경 상황실로부터 서만도에 사람들이 무단으로 야영을 하고 있다는 군부대 신고를 받고 3시 40분경 기지를 출발하여 약 35분 후 상기 서만도 섬에 도착하여 확인해 보니, 무단 출입자 3명이 야영을 하는 것이 시야에 발견되어 섬 쪽으로 접근하여 위 무단 야영객 상대 입도 여부를 파악차 조사를 시작했다.

서만도 입도객 야영지

무단 출입자 3명은 인천서구에 거주하는 50대의 학교 친구로 장봉도에 거주하는 지인의 소개로 이곳에서 야영하게 되었다고 말했다. 이곳은 군 통제구역 및 생태계 보존 지역으로 야영을 할 수 없는 것을 고지하고 본인들이 준비한 야영 장비 등을 공기부양선에 옮겨 싣고 위 대상자를 대한 진술서를 3장 징구하고 적발되었다는 것을 고지시킨 후 안전 구역에 하선 조치한 사항이다.

나의 직업은 해양경찰이다

6) 최초 도입 공기부양선의 역사

▶ 함정번호 : H-01정

▶ 함정명 : 특수구난 1호정

▶ 건조회사 : 영국 그리폰 사(Griffon)

▶ 건조 년 월 일 : 2001년 12월 28일

▶ 인수일자 : 2002년 3월 15일

▶ 건조가격 : 51억

2002년 3월 15일 인천국제공항 항공기 불시착에 대비하여 영국 그리폰 사에서 공기부양선(hover craft)을 인수받아 인천 영종도 기지에 배치하여 인천지역 갯벌에서 일어나는 각종 사고에 투입, 구조 활동을 하는바, 현재까지 해난구조(606명), 응급환자 후송(145명) 등 일반 배들이 접근할 수 없는 저수심 구역에서 일어나는 사고를 전담하여 많은 구조 성과를 이루었다. 지금도 인천 영종도를 비롯해 인천 관내에서 일어나는 각종 사고에 대처하고 있다. 위의 내용처럼 사고 유형이 많으나 대표적인 사건들만 독자들에게 이야기를 들려 주려고 한다. 공기부양선 사고 처리 내용을 간략하게 설명한 점 등이 있다면 많은 이해를 부탁한다.

나의 직업은 해양경찰이다

25화

국내 유일의 대형 공기부양선
조종사의 꿈을 이루다

해양경찰에서 보유 운용 중인 대형 공기부양정은 해군에서 운용하고 있는 러시아제 대형 공기부양선을 제외하고 유일하다. 다음과 같이 간단하게 현황에 대하여 알아보자.

해양경찰에서 보유 운용 중인 대형 공기부양선

▶ 함정번호 : H-09정

▶ 함정명 : 특수구난 9호정

▶ 건조회사 : 영국 그리폰 사(Griffon)

▶ 도입일자 : 2014년 12월 22일

▶ 건조가격 : 147억

▶ 최대 탑승인원 : 200명

▶ 톤수 : 66톤 (최대 92톤)

▶ 최대속력 : 45노트(육상속력은 85km)

나의 직업은 해양경찰이다

위의 내용처럼 간략하게 제원에 대하여 알아보았고, 공기부양정의 원리 등 제반사항은 제 23화 공기부양선(hover craft)을 타고 갯벌을 누비다에 자세히 나와 있어 참고하면 된다. 나는 2017년 2월 16일자로 공기부양선 기지에 발령을 받아 중형 공기부양선 부조종사로 약 2년간 근무를 하면서 각종 조종기술을 전수받아 조종사로 2년간 근무하던 중 대형 공기부양정의 조종사 교육 프로그램이 생겨 한번 배워보겠다는 신념이 생겨 2019년도 9월경에 지원서를 제출하고 선정되어 2020년 11월 2일부터 약 5주간의 영국 그리폰 사의 최고의 베테랑 조종사로부터 기술을 전수받게 된다. 코로나19로 인해 다소 늦어져 격리 기간이 끝나면 영국에서 나온 조종사와 조우하여 교육을 시작하게 된다.

조종교육 1주 차

2020년 11월 2일 09:00부로 대형 공기부양선(200인승) 조종사로 교육 발령이 나서 인천해양경찰서를 관할하는 책임자인 서장에게 교육 신고를 마친 후 오전 10시, 영국 그리폰 사 수석 파일럿 교관과의 첫 미팅이 시작됐다. 영국 그리폰 사는 영국 사우스 햄튼에 위치한 공기부양선(hover craft)을 전문으로 건조하는 곳으로, 면적 73㎢에 인구 269,700명의 잉글랜드 햄프셔 주에서 가장 큰 도시이며 타이타닉 출항지인 항구가 있고, 석유 가공, 석유화학, 선박 수리 등이 주요 산업인 곳이다.

런던에서 버스로 2시간, 기차로 1시간 20분 정도의 거리에 있는 도시며 볼거리도 많이 있다. 특히, 주요 볼거리는 1233년에 건립된 프란치스코 교회 수도원과 Westquy 쇼핑센터가 있다. 또한, 50곳이 넘는 공원이 있어 산책하기 좋은 도시이기도 하다. 그중 하나인 Andrews Park 공원이 있고 아래에는 영국 남부의 가장 큰 공연장인 The Mayflower Theatre가 있는데 이곳에서 오페라, 발레, 뮤지컬 등의 공연이 열리기도 한다. 영국은 축구 종주국답게 홈구장인 St. Marys Stardium 구장도 있는 곳에 그리폰 사가 위치하고 있다. 수석 교관의 이력 및 회사에 대하여 소개하고 이야기를 시작할까 한다.

2020년 11월 2일부터 영국 그리폰 사에서 국내 조종사 양성 교육을 위해 한국으로 들어온 수석교관 로버트 트러슬러(Rober Trussler)의 이력에 대하여 알아보고자 한다.

1. 국적 : 영국

나의 직업은 해양경찰이다

2. 교관 소개

1) 현 GHL(제작사) 수석교관

2) 영국 MCA(Maritime ↔ Coastguard Ageny)공기부양선 자격증 보유

3) GHL(제작사)전 기종 운항 교육 평가(Examiner) 및 면허 부여 자격 보유

4) F25, F5, F503 경량 공기부양선 레이스 세계 챔피언(영국/유럽/세계 석권)

3. 교관 주요이력

1) 영국 Griffon Hoverwork, (이하GHL) 수석 파일럿/엔지니어-기술지원

2) 전 세계 20개국 이상에서 총 21가지 다른 유형의 공기부양선 전 기종 대상 100명 이상 조종사 및 엔지니어 교육 담당

3) 수석교관이자 심사관으로 파일럿 시험주관

4) 영국 및 해외 최고 수준의 공기부양선 조종사 지도 및 양성

5) 공기부양선 유지관리 및 운용에 대한 기술지원 및 엔지니어 교육 담당

6) 신규개발 모델에 대한 시운전 및 시험 전담

4. 해상 이력

1) 영국 Hovertrave(GHL 자회사)-133명 정원 여객 노선 공기부양선

조종사

2) ASIEurope Ltd - 북 가스피해유전 기름 유출 및 긴급대피 공기부
양선 조종사

5. 자격증 및 인증사항

1) 영국 MCA(Maritim - Coastguard Agency)공기부양선 조종사 자
격증 보유

2) 500G/T 미만 공기부양선 응급대처 자격(STCWPP5 II /3Mater)보
유 - 생존 및 응급처치

3) Hoffman 프로펠러 정비 자격, Deutz엔진 정비 및 수리 자격, 헬
리콥터 수중탈출 훈련 이수

4) 유조선 소방훈련 자격 이수, GMDSS, ECDIS, Navigation 및 레이
더 자격증 보유

5) 영국 공기부양선 협회 Sir christopher Cockerell(공기부양선 개발
자) 트로피 수상

6) 다수의 방송사 출연 및 영화 007 제임스 본드 공기부양선 조종 촬
영 및 출연

영국 사우스 햄튼에 위치한 공기부양선 건조사인 그리폰 사는 5,204
파운드(GBP)의 자본금으로 1965년에 6월에 설립하여 현재까지 56년
의 전통으로 이어져 온 회사이다.

종업원은 85명으로 주로 알루미늄 공기부양선 및 공기부양 방식의 해상구조물, 초고속선, 공기부양선 스커트 디자인, 운항 교육, 수리정비 관련 사업을 하는 회사로 해양경찰에서 도입한 공기부양정은 이 회사에서 납품받아 현재까지 서해 해상 갯벌 사고에 대응하고 있다.

2020년 11월 2일 오전 10시 영국 수석 조종사와 첫 미팅을 시작으로 1주간의 조종사 교육을 시작하게 되었다.

영국 수석 교관과의 첫 미팅

2020년 11월 3일 첫 교육 일정으로는 대형 공기부양선에는 여러 중요 장비가 장착되어 있어(항해, 기관의 수리 상태 등) 각 장비에 대한 점검을 시작으로 하루가 시작되었다. 공기부양정의 주변에는 바람을 모아 부양하도록 하는 아웃루프(고무빽) 상태를 확인하면서 외부에 장착되어 있는 장비부터 이상이 있는지 확인했다.

외부에 설치된 크레인을 점검하는 모습

외부에 설치된 360kg를 들어 올릴 수 있는 크레인 점검을 기점으로 고무보트, 프로펠러, 기관실 엔진 상태, 화재를 예방할 수 있는 화재 댐퍼 작동 여부, 각종 유류 탱크 이상 유무, 실내에 있는 중요 부위 순으로 알아보도록 하면서 공기부양선에 대한 이해를 했으면 한다.

① 외부에 설치된 크레인은 고무보트를 내리고 올리는 데 사용하는 장비로 약 360kg의 중량을 들어 올릴 수 있다. 크레인 붐대의 길이는 6.8m이며 주로 해상에서 일어나는 해상 표류자 등 각종 구조에 사용하는 장비이다.

나의 직업은 해양경찰이다

프로펠러 손상 여부 검사   방향타를 밀어 주는 라인을 확인하고 있는 사진

② 외부에 있는 장비 중에 프로펠러 상태를 확인해야 한다. 이곳은 추진 엔진에 의해 프로펠러의 바람으로 앞으로 나가는 곳으로 아주 중요한 곳이다. 항상 출항 및 입항 시 점검해야 하는 곳으로 프로펠러의 손상과 방향타의 이상 유무. 방향타를 돌려주는 유압시스템 등 파이프라인을 점검해야 한다.

③ 기관실 엔진 상태 및 화재가 발생하면 차단하여 연소시켜주는 댐퍼를 확인한 다음 실내에 있는 여러 구역을 확인하면서 이상이 없으면 선체 하부를 점검 후 조종사 양성을 위해 이론 교육을 시작하게 된다.

기관실 내부 점검   화재 댐퍼 점검

선체 하부 이상 유무를 확인하고 있는 모습

나의 직업은 해양경찰이다

④ 조종사 자격을 부여받기 위해 현장에 설치되어 있는 여러 장비의 작동법 및 대처 능력을 이론과 실습을 통하여 대형 공기부양선 기술을 습득해야 한다. 통역을 통해 공부해야 하므로 어려움이 많이 있지만, 열정을 가지고 영국 교관과의 1주간의 시간이 흘러 주말을 보내고 2주 차 교육에 들어가게 되었다.

조종 2~3주 차 교육

2020년 11월 9일 2주 차 교육은 이론 학습을 통하여 시험 평가를 통과해야 해상 실습을 할 수 있었다. 시험은 80점 이상이 되어야 통과가 된다. 다행히 교육생 2명은 80점 이상의 성적을 받아서 무사히 필기시험을 통과했다. 다음 단계로 조종사로서 해상에서 이루어지는 조종기술 습득을 위해 바다로 나가기 전에 육상에서 이루어지는 각 장비 상태를 확인하고 안전 이상 유무를 확인하는 출항 전 사전점검을 하게 된다.

공기부양선 내에는 여러 구역으로 나누어져 있어 엔진을 시동하기 전에 외부에서부터 중간 지점, 조종하는 상부 지점까지 안전 여부를 확인하게 된다. 중간 지점(중갑판)에는 사람이 들어갈 수 있는 협소 구역이 많이 있어 내부에 어떠한 물건이나 사람이 있으면 안 된다. 이것을 꼭 확인하는 것은 사고를 미연에 방지하기 위해서이다.

협소 구역 내에는 강한 공기의 분출 및 흡입이 되어 내부로 빨려 들어가므로 자칫 큰 사고로 이어질 수도 있기 때문이다. 또한, 외부에 어떠한 물건이 있으면 승조원 및 조종사는 반드시 치워야 한다. 물건이 있다면 공기의 진행 방향이 앞에서 뒤로 강한 공기가 흘러가므로, 프로펠러의 손상에 의해 대형 사고로 이어질 수 있어 반드시 확인해야 한다.

2020년 11월 19일 07:30 해상 조종 연습을 위해 아침 일찍 출근하여 사무실에 대기하면서 많은 생각을 했다. 중형 공기부양선(80인승)보다 크기가 더 큰 대형 공기부양선(200인승)을 잘 할 수 있을까 하는 마음이 들어 조금은 걱정되었다. 약 1시간 후에는 출항 전 사전점검을 시작으로 이상 유무를 확인하고 영국 교관과 함께 조종석으로 올라갔다. 조종석 안에는 각종 장비가 많이 있어 시동을 켜기 전, 장비의 설명과 시동 절차 및 행동 요령 등을 알려 주었다. 영국 교관의 조종으로 해상으로 나갔다.

영국 수석 교관의 육상 및 해상에서의 조종 모습

나의 직업은 해양경찰이다

옆에서 지켜보니 7,900시간을 운항한 경험이 묻어 나왔다.

육상 및 해상에서의 교관의 점검이 끝나 교육생 위주로 약 2시간씩 조종 테스트 교육이 실시되었다.

대형 공기부양정의 조종은 쉽지 않아 어려운 점이 많이 있다. 조종석 자리에는 오른손은 우현 피치 레버와 바우스러스터(선박이 부두에 접·이안할 때 예선의 효과를 낼 수 있는 보조 장치)를 조작 작동해야 하고 왼손으로는 배를 육상 지면에 1.8m를 띄

교육생 조종 테스트 검사

울 수 있는 부양 엔진 레버와 속력을 올릴 수 있는 속력 레버를 작동해야 한다. 양발은 헬기에 있는 페달과 비슷한 좌, 우로 이동할 때 작동하는 페달(헬기는 좌, 우 수평을 잡을 때 사용) 조종기가 있어 양손, 양발을 모두 움직여야 조종을 할 수 있는 아주 복잡한 구조의 조종기술로 한 번의 잘못된 작동으로 큰 대형 사고로 이어질 수 있어 무척 긴장하면서 테스트를 시작했다.

속력은 40노트(육상속력 75km)에서 교관이 앉아 있는 자리에 착석해 양발을 조종 페달에 발을 올려놓고 오른손은 바우스러스터를 좌,

우 15도씩 움직여서 조종을 시작하여 감각을 익혔다. 페달 조종기는 아주 민감해서 조금만 돌려도 왼쪽, 오른쪽으로 돌아간다. 속력이 너무 빨라 조종하는 데 어려움이 많았다. 해상에는 이동하는 배와 해상에 설치되어 있는 구조물을 피해서 가야 하기 때문에 조심해야 하며 속력 레버를 작동하여 속력을 조절하면서 공기부양선을 움직여야 했다. 약 2시간의 감각 테스트를 거쳐 다른 교육생에게 인계하고 조종기술 테스트를 마쳤다. 영종도 기지로 들어가 교관의 강평을 통하여 최종 면담을 실시하고 그날의 일정을 모두 마쳤다.

2020년 11월 20일 해상에서 엔진을 정지시켜 놓고 아웃루프 및 스커트 속에 있는 물을 배출하면서 선체를 물에서 1.8m 부양시켜 이동하는 험프란 조종법을 배웠다. 험프에 대한 작동법은 중형 공기부양선과는 조금 달라 이것에 대하여 알아보고자 한다.

대형 공기부양선의 해상에서의 험프란?

험프(hump)는 선박을 활주 상태에 올려놓는 것과 같은 유사한 현상을 말한다. 공기부양정은 수상에서 두 가지의 상태이다. 험프 위에 있거나 험프 아래에 있거나 둘 중 하나, 더 광범위한 의미로 저속 기동 및 고속 기동으로 설명할 수도 있다.

공기부양선이 물 위에서 천천히 움직일 때, 스커트 내의 기압은 스커

나의 직업은 해양경찰이다

트 아래의 수면 상에 압력을 가하게 된다. (스커트 하부의 수면에 공간이 생기는 함몰 현상)이러한 상황에서 공기부양선은 '험프 아래'에 있다고 말한다. 이러한 상태는 종종 선박 운항 중에도 발생한다고 알려져 있다.

공기부양선이 물 위에서 고속으로 기동할 때, 너무 빠르게 움직여서 스커트의 쿠션 압력이 작용하지 못하게 한다. 이런 상태를 '험프 위에' 있다고 한다. 험프 위에서 조종한다는 의미는 공기부양선이 주어진 자체 동력으로 추진하며 험프 아래의 상태보다 더 빠르게 갈 수 있음을 뜻한다. 이 상태에서는 연료 소비가 더 적고 소음과 물보라가 덜 일어나며 제어가 훨씬 쉬워진다.

공기부양선이 선체 하부에 생긴 빈 공간에서 빠져나오는 속도를 '험프 속도'라고 한다. 공기부양선의 종류(크기 및 중량)에 따라 다르지만, 보통 약 12~15노트이다. 험프의 속도는 험프 아래와 험프 위 사이를 마진 값이라 한다.

험프 속도 아래에서 계속 기동하는 것은 공기부양선의 성능을 제대로 발휘하지 못하는 것이다. 이때 더 많은 소음과 파도 및 분무 현상을 일으키기 때문이다. 숙련된 경험이 많은 조종사는 험프 위 또는 험프 아래 사이에서 어떻게 조종할지 고민하거나 주저하지 않는다.

※ 험프를 극복하는 것은 제일 먼저 부양 엔진을 가동시켜 공기부양선 하단 부 속에 있는 물을 배출 하도록 만들어 선체를 천천히 수면 위로 올리게 되며 움직이게 만든다. 둘째, 수면 위로 다 올라가면 스커트 내에 있는 물은 밖으로 배출이 다 된 것으로 확인이 된다. 이때, 출력 엔진 레버를 전진시키면 속도가 가속되어 앞으로 전진하면서 정상적 운항이 가능하게 된다.

공기부양선을 험프 위에 올리는 방법?

먼저 수심이 깊은 개방된 해역을 선택하고, 전방에 수백 미터 내에 장애물이 없는 방향으로 공기부양선을 향하게 준비한다.

공기부양선이 물에 떠 있는 경우, 선체가 앞으로 움직이지 않도록 야간의 물보라를 옅게 일으키면서 호버링 할 때까지 부양 엔진 속도를 점차 높인다.

스커트에서 물이 빠지도록 공기부양선을 적어도 5분 이상 호버링(항공기 등이 일정한 고도를 유지한 채 움직이지 않은 상태)을 한다. 스커트 내부에 물을 완전히 배출하지 않고 험프로 벗어나기 위해 가속하면, 스커트 부품에 부담이 생겨 손상이 발생 될 수 있어 주의해야 한다. 스커트 내 물이 완전 배출되면 설정된 항로를 유지하고 최대 출력으로 레버를 작동 전진시켜 이동하게 한다. 다음과 같이 아래 그림을 보면 이해가 조금 될 것이다.

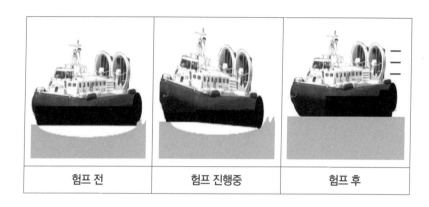

| 험프 전 | 험프 진행중 | 험프 후 |

　　지금까지 대형공기부양선 기본 원리에 대해 알아보았다. 이해가 조금 되었다고 생각되어 조종 교육 이야기를 계속 이어 가도록 해 보자.

　　위의 내용처럼 험프 극복 기술 및 운항 교육을 받기 위해 2020년 11월 20일 09시 인천 영종도 공기부양선 기지에서 부양선 전체에 대한 출항 전 안전 점검을 시행하고 이상이 없어 출항했다. 조종기술을 배우기 위해

험프 극복 방법 및 기본 운항 교육을 하고 있는 영국 교관

09시 30분에 바다로 나갔다. 약 40분을 육상속력인 시속 85km를 달려 10시 30분에 인천 팔미도 부근 해상에 도착, 교육을 실시했다. 교관이 먼저 시범을 보이며 기술에 대한 부과 설명과 함께 험프 극복 방법과 기본적인 운행에 대하여 실시했다.

운전기술을 보일 때마다 능숙하게 잘하는 것을 보면 영국에서 자랑하는 운전기술을 갖춘 베테랑 수석 교관인 것을 알 수 있는 것 같았다. 약 40분간의 교육을 한 다음, 교육생 1명씩 1시간씩 돌아가며 운전기술을 습득했다. 나는 현재 중형 공기부양선 조종사를 하고 있어 운전방법은 조금 다르지만 조금만 기술 습득을 하면 운전할 수 있어 집중해서 배웠다.

조종기술을 전수받는 교육생

이렇게 교육생 2명이 서로 바꿔가며 오후 3시까지 계속해서 배우다 보니 영종 기지로 복귀할 시간이 되었다. 40분을 달려 안전하게 기지로 복귀했다. 조종기술에 대한 교관의 브리핑(강평)이 남아 있었다. 항상 교육이 끝나면 실시했다.

교관의 강평은 출항 전에 안전에 대한 사전점검은 아주 잘한 행동이라며 내게 칭찬을 많이 해 주었다. 운전기술 습득을 하는 것이며 해상

나의 직업은 해양경찰이다

주변에는 위험 상황이 항상 존재하는 곳이기 때문에, 이동하는 선박들의 안전에 대한 전반적으로 확인하며 운전하는 것은 아주 잘한 행동이라며 칭찬 일색이었다. 20분간의 교관의 강평을 마치고 다음 주부터 좀 더 어려운 조종기술을 배우게 될 것이라고 했다. 조종 교육 5주 중 3주가 지나갔다. 주말을 가족과 함께 지낸 뒤 2020년 11월 23일부터 4주 차 조종 교육이 실시될 것이다.

조종 4주 차 교육

▶ **해상부표 및 해안가 접근법**

2020년 11월 23일 해안가 접안 및 해상부표 접근법에 대한 교육을 실시했다. 오전 09시 30분부터 해상으로 출항하기 위해 안전점검(기관의 엔진 등 전반)을 실시하고 오전 10시 교관 감독하에 영종도 기지를 출발했다. 약 20분을 달려 눈앞에는 해상의 안전을 위해 설치되어 있는 해상부표가 보이기 시작하여 교관의 1차 시범을 시작으로 교

교관의 해상부표에 접근 기술을
선보이는 모습

육생들의 실습 기회가 제공된다. 옆에서 지켜보는 나는 교관의 능숙한

조종기술로 해상부표에 접근하는 모습을 보니 자연스럽게 조종하는 모습은 베테랑다웠다. 저 정도의 기술을 숙달시켜야 조종사 자격이 부여될 것 같았다. 조종사는 아무나 되지 않겠구나! 하는 생각이 머리에 맴돌았다.

※ 해상부표 : 선박과 소형 배를 안내하기 위해 연안과 수로를 따라 위치해 있는 부표와 표지 및 등광

교관의 시험이 끝나고 교육생의 테스트가 실시되었다. 약 거리 2,000m에서 엔진의 출력과 속력을 줄여가며 서서히 접근하면서 해상부표에 접근하는 테스트로 여러 조종기를 작동하면서 해야 하므로 무척 어려운 과정이다.

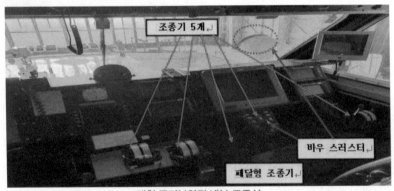

대형 공기부양정 내부 조종석

나는 천천히 조종을 시작하여 공기부양선을 해상부표에 접근시키기

나의 직업은 해양경찰이다

위해 바람, 조류를 계산한 다음 속력을 줄이고 속력이 감소를 위해 바우스러스터를 후진 위치에 놓고 스피드를 감소하면서 접근했다. 접근 시 위의 조종석 사진과 같이 5개의 조종기를 움직여야 접근이 가능하다. 해상부표 접근법을 하는 이유는 해상에서 구조를 기다리는 요 구조자의 빠른 구조를 위해 하는 프로그램이다.

해상부표에 접근 조종 기술 전수받고 있는 교육생

5개(부양 엔진 레버, 출력 엔진 레버, 바우스러스터, 페달 조종기, 전·후진 레버)의 조종기를 모두 움직이는 기술은 배우지 않고는 매우 어려운 과정인 것 같았다. 약 2시간의 기술 습득을 마치고 해안가 접안을 위해 사염도로 이동했다. 인천 장봉도 하단에 위치한 사염도란 섬이 있다.

이 섬은 장봉도 남쪽 해상에 있는 무인도로서 뱀이 많기로 유명하다. 이 섬으로 고기를 잡으러 어선들이 갔다가 뱀 때문에 고기를 못 잡고 다른 곳으로 피했다고 뱀 섬 또는 사도, '사염도'라 부르게 되었다. 이곳에는 세월의 흔적으로 만들어진 암석들이 곳곳에 있어 아름다운 풍경을 연출하고 있는 곳이다.

이곳은 무인도로 환경보존 지역이라 이곳에서 야영 등 취사하는 행위는 전면 금지되어 있음을 일반 국민들은 알아야 한다. 약 20분을 이동하여 교관의 시험과 함께 교육생의 조종기술교육을 시작했다.

사염도는 일부는 모래 턱이 있고 대부분 갯벌로 이루어져 있으며 지면이 평탄하지 않아 접근하는 데 애로점이 많다. 5개의 조종기와 바람의 방향, 갯벌의 낮은 곳으로 흘러가는 것을 방지하기 위해 페달 조종기와 바우스러스터를 적절히 사용하면서 접근해야 목적지까지 갈 수 있어 아주 신경을 많이 써야 하는 과정으로 약 2시간의 과정을 통하여 기술 습득을 완수하고 오후 4시 영종 기지에 복귀하여 유류 수급 및 쇼핑작업을 30분 정도 실시했다.

쇼핑작업은 선체 외부에 묻어있는 염분을 깨끗한 청수로 세척하는 작업이다. 이것은 꼭 필요한 작업으로 외부에 설치되어 있는 고가의 장비를 수명과 작동을 원활하게 하기 위해 필수 작업이다. 시간이 많이 흘러 해는 영종 기지 너머 저물어 가고 있다. 교관의 강평을 마지막으로 내일은 더 잘 할 수 있을 거라는 생각을 하면서 퇴근했다.

나의 직업은 해양경찰이다

저물어 가는 영종 기지에서 본 하늘

▶ 영종 기지 슬립웨이 진입 조종 및 비상대응 교육

2020년 11월 24일부터 27일까지 약 4일간 슬립웨이 진입 및 해상운항 중 일어나는 각종 사고 대응(기관고장, 화재 등) 처리 절차를 교육받았다.

4주 차로 접어들면서 보다 더 정밀하게 조종 교육을 받으면서 아주어려운 일도 많았다. 이 기술을 전수받기 위해 더 노력해야 습득할 수있기 때문이다. 모든 것의 시작은 출항 전 사전점검을 통하여 안전이확보된 다음 이상이 없으면 출항하는 시스템을 반복적으로 이행하면서 해상으로 나가는 구조로 이루어져 있다.

11월 24일도 마찬가지로 위 내용의 절차대로 시행하고 출항하여 슬립웨이 조종기술을 배우기 시작했다. 교관의 시범을 통하여 교육을 받고 교육생 위주로 실시한다. 영종 기지로 올라가기 위해 슬립웨이 입구 중앙라인에 접안하는 기술을 연마하고 나면 엔진 등 출력을 이용하여 올라가는 기술과 각종 조종기(5개)를 적절하게 사용될 때까지 기술을 배워야 진출입이 가능하기 때문이다. 슬립웨이에 올라가기 위해서는 바람의 방향과 조류, 조석(물의 높이)을 감안해서 조종을 해야 올라갈 수 있다.

영종 기지 슬립웨이 진입 조종 교육

약 4일간 계속해서 실시하게 된다.

다음은 해상에서 일어나는 각종 사고(기관고장, 화재 등)대응 요령도 반복적으로 습득하도록 교육하여 만일에 일어날 수 있는 사고에 대응토록 하게 된다. 특히, 해상에서 운항 중일 때 일어나는 대처요령부터 중점적으로 실시하여 대응력을 높이는 교육이다. 선내에 화재 발생

나의 직업은 해양경찰이다

하면 조종석 우측에 있는 패널에 경보음이 울리면 속력을 줄이고 불어오는 바람을 등지며 정지한 다음 엔진을 OFF하고 CCTV를 보면서 화재 여부를 확인한다, 화재가 확인되면 산소를 차단하기 위해 댐퍼를 닫아 공기의 흐름을 차단하고 격실 내(엔진 4개소) 설치되어 있는 폭약식 소화기를 약 5초간 눌러 화재를 진화한다. 화재가 진화가 되지 않으면 2번 폭약식 소화기를 눌러 완전 진화하고 안전여부가 확인되면 신속히 가용 장비를 작동하여 영종 기지로 복귀 수리 시행토록 한다.

교육생 상대 화재 대응 절차를 실시하고 있다

조종 5주 차 교육

▶ 조종사 단독 영종 기지 슬립웨이 진·출입 및 육상 격납고 이동 운항 교육

조종사 교육 5주 차 교육이 11월 30일부터 12월 4일까지 5일간의 일

정으로 실시된다. 5주 차 교육은 조종사의 역량을 최대한 발휘해서 단독운항이 가능하도록 하는 마지막 단계의 프로그램이다. 이 기간이 끝나면 최종테스트를 거쳐 조종사 자격 여부가 결정될 것이다.

11월 30일 월요일 아침 날씨는 아주 좋은 편이었으며 기온도 별 춥지 않은 날씨로 운항 교육을 받기는 최상의 날씨였다. 교육생 2명은 오늘도 마찬가지로 처음 시작하는 출항 전 사전점검을 마치고 교관의 시범을 통하여 육상에서 운항하는 교육을 받는다. 베테랑 교관의 육상이동 시범은 말로 표현을 못 하겠다. 능숙하게 운전하는 것이 몸에 익숙하여 자동으로 조종기 5개를 움직이며 운전했다. 저 정도의 스킬을 배우기 위해서는 노력은 필수이기 때문이다.

교관의 육상 격납고에서 이동 중에 있다

교관의 시범이 끝나고 나부터 시작하여 조종기술 교육을 받으면서 조종석에 있는 5개의 조종기를 자유자재로 조작하는 것은 무척 힘이 들었다. 위의 사진과 같이 바우스러스터와 페달을 동시에 같이 작동하

나의 직업은 해양경찰이다

면서 해야 조종이 가능하다. 아니면 격납고 옆으로 붙으면 고무에 상당한 무리를 주면서 손상이 생기기 때문에 신경을 많이 써야 한다. (아래 사진처럼 격납고 옆으로 붙으면 안 된다)

육상 격납고 옆으로 붙어 있는 대형 공기부양선

1시간 동안의 교육을 통하여 육상에서 운항하는 것이 점차 나아지면서 단독으로 운항하는 테스트를 실시하면서 빠른 습득을 할 수 있도록 5일간 반복적으로 실시했다.

교육생 단독으로 격납고 및 육상에서 조종하는 모습

육상에서 일정을 마치고 해상으로 나가 인천 영종도 해상을 단독 운항을 실시하여 해상에서의 비상대응 및 운항 기술을 테스트한다. 해상에는 많은 위험 요소들이 있다. 특히, 주변 해상에서 이동 중인 선박의 움직임, 해상에 설치되어 있는 양식장, 간출암(암초) 등 여러 사항을 인지하면서 운행을 해야 한다. 인천 영종도 해상 일대는 선박의 이동이 빈번하고 레저보트 활동이 많은 곳이다. 영종 기지를 출발하여 해상의 특성을 보면 노랑 섬을 지나 약 5분 후 수수때기란 섬 좌측에 위치한 간출암(물 높이 200 이하일 때 나타남)이 나타나 운항을 할 때 유심히 체크하면서 가야 한다. 또한, 영종 삼목, 신도, 장봉도로 운항하는 도선의 항해로 인한 이동상황을 면밀히 파악하여 안전 운항이 되도록 한다.

나의 직업은 해양경찰이다

영종도 을왕, 왕산 서방 해역은 해상에 설치되어 있는 낭장망 어구가 많아 유념해서 항해해야 한다. 낭장망 어구(저인망 그물과 같은 긴 자루그물의 날개 쪽과 자루 끝 쪽을 멍이나 닻으로 고정시키고 조류에 의하여 들어간 고기를 어획하는 어구이다) 고정식 말뚝에 의해 공기부양정의 스커트 및 아웃루프에 손상이 가기 때문에 특히나 유의해서 항해해야 한다.

1시간 30분간의 영종도 일대 해상 단독운항을 마치고 영종 기지에 입항하기 위한 슬립웨이 진입을 위해 테스트를 받고 안전하게 올라가야 오늘 일정을 마무리할 수 있다. 슬립웨이 진입을 할 때는 바람과 조류 등 제반 해상의 상태를 파악하

교육생 단독 해상운항

고 진입해야 한다. 그날의 날씨는 북서풍 8-10m/s 파도는 0.5m 조류는 들어오는 물로 안전하게 시도해서 올라가야 했다.

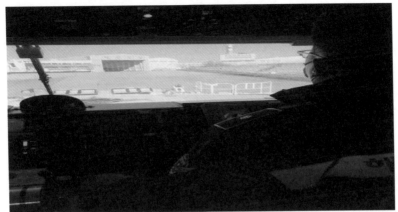

교육생 단독으로 영종 기지 슬립웨이에 진입하고 있다

위의 사진과 같이 영종 기지 슬립웨이를 무사히 올라가서 격납고에 안으로 이동 조치하고 일주일간의 교육 일정을 모두 마무리했다. 12월 7일조종사 자격이 결정되는 최종테스트만 남기고 뒷정리 후 집으로 퇴근했다.

조종 교육 최종테스트
▶ 조종사 자격증(Cert) 발급 및 수료식

2020년 12월 7일 마지막 테스트의 아침이 밝아오면서 긴장되는 마음으로 출근하여 최종 이미지 트레이닝으로 마음을 다지며 일정을 소화해야 했다. 주말을 집에서 보내면서 최종테스트 당일의 기상 상태를 체크 하면서 보냈다. 기상 상태가 안 좋으면 조종에 어려움이 많기 때문이다. 다행히 출근해서 해상의 날씨를 보니 비교적 상태가 좋은 편

나의 직업은 해양경찰이다

이었다. 정말 다행이었다. 아침 9시 30분 출항 전 사전점검을 통하여 안전 상태를 최종 확인하고 단독으로 조종석 자리에 앉자, 엔진 시동 후 저속으로 격납고에서 슬립웨이 앞으로 나와 코스가 확보되면서 부양 엔진과 전·후진 레버를 전진시킨 후 출력 엔진을 올려 해상으로 출항했다. 테스트 날이라 긴장감이 흘렀다. 머릿속에는 어떤 것을 해야 할지 맴돌았다.

직접 조종해서 슬립웨이 쪽으로 이동하고 있다

천천히 생각하면서 해상에 나온 나는 교관의 지시에 의거 테스트 종목을 해나갔다. 제일 먼저 해상부표 접근법을 실시했다. 해상부표 접근 500m를 남겨 두고 속력을 줄이고 바우스러스터를 후진에 놓아 속력을 최대한 줄이면서 접근했다.

해상부표에 접근 중인 사진

　해상부표에 근접 접근을 안전하게 완료하고 해안가 접안을 위해 무의도 하나개 해수욕장으로 이동했다. 무의도 하나개 해수욕장은 2019년도 5월경 개통되어 이 근방 최대의 관광지로 부상되어 서울 및 수도권 시민들이 많이 찾는 곳으로, 이곳에는 드라마 촬영지인 〈천국의 계단〉과 영화〈실미도〉촬영지가 자리 잡고 있고 해안가 트레킹 코스를 갖추고 있어 여행지로는 좋은 곳이다. 수많은 사람으로 인해 갯벌 해루질도 많이 하므로 안전사고도 많이 발생한다.

　특히 2020년도 6월 5일 오전 11시 40분 인천 무의도 하나개 해수욕장 갯벌에 성인 6명, 어린이 2명이(총 8명) 고립되어 신고 접수를 받고 헬기와 공기부양정, 연안구조정이 투입되었다. 12시 6분에 도착한 헬기에 있는 구명벌을 투하하고 항공 구조사에 의해 6명을 구조, 인근 어선에서 2명을 구조한 사례가 있어 각별히 신경을 쓰고 있는 구역이다.

안전을 위해 이곳을 찾은 국민은 꼭 구명조끼를 착용하고 레저 활동을 해야 사고를 미연에 방지할 수 있다. 약 30분을 항해해서 해안가로 접근을 시도하면서 바람 등 속력을 제어하면서 해수욕장 안으로 이동하였다, 겨울이 다가옴에 따라 이곳을 찾은 관광객의 숫자도 적어 운전하는 데 별 어려움 없이 접안에 성공했다. 다음 코스인 사염도 접안도 안전하게 테스트를 완료하면서 영종도 기지로 복귀 조종사 교육을 모두 마쳤다. 30분 후 자격증 및 수료증을 받는 것으로 모든 일정은 마무리가 된다.

최종 수료식을 마치고 공기부양선 앞에서…

그리폰 사 수석 교관 로버트 트리슬러(Robert Trussler)는 교육을 받는 동안 열정을 가지고 따라준 교육생들에게 그동안 교육 받는다고 고생 많이 했다며 위로하고, 앞으로 안전하게 절차대로 운항할 것을 조언하며 조종사 자격증을 전달해 주었고, 이로써 모든 일정이 끝났다.

교관은 12월 9일 영국으로 돌아가 새해를 영국에서 보내고 같은 기종이 있는 카자흐스탄으로 출국할 예정이었다. 앞날에 발전을 기대하며… 응원을 보낸다.

그리폰 수석 교관이 자격증을 수여하는 모습

나의 직업은 해양경찰이다

26화

《공기부양정 알기 쉽게 배우기》
책 발간을 통해 조종사 양성에
힘을 보태다

1992년 12월 26일 해양경찰관으로 입사하여 인천·부산·평택 등 여러 경찰서에서 근무하다 2017년도 2월 13일 인천해양경찰서 H-01정 부장(부기장)으로 2년간 근무하면서 공기부양선(HOVER CRAFT) 조종자의 어려움과 애로사항을 느꼈다. 후배들에게 무언가는 남기고 가겠다는 마음과 인력풀 조성에 일조해야겠다는 신념으로, 누구나 배울 수 있는 《공기부양정

《공기부양정 알기 쉽게 배우기》

알기 쉽게 배우기》라는 책자를 제작하게 되었다. 조종사 1명을 만드는 데 국가 예산 1억이 들어간다. 예산 절감 차원에서 자체적으로 조종사를 만들기 위해 일을 시작했다. 국내에는 공기부양선에 대한 국가 자격증이 없어, 공기부양선을 많이 운영하고 제작 건조하는 영국 제작사에서 발급하는 자격증이 유일하다. 위의 내용처럼 대형 공기부양정은 자격증이 필수이다. 그러나 중형은 국내에서 운항 교육만 시키면 충분히 운항이 가능하고, 국가 예산을 많이 절감할 수 있기 때문이다. 중형 공기부양선 자격증 발급 문제는 해양경찰청에서 고민해 볼 필요가 있다. 글을 쓰는 본인도 무엇보다 국가 예산을 절감하고 자체적 운항 교육을 통하여 조종사를 발굴할 수 있기 때문에 이 일을 시작했다.

2019년 2월 12일부터 상기 사진의 책자 《공기부양정 알기 쉽게 배우기》를 발간하기 위해 집필을 시작하여 2019년 5월 17일 초판을 발행

나의 직업은 해양경찰이다

과 수정본 거쳐 6월 13일에 완료했다. 중형 공기부양선 H-01정 조종사로 있으면서 부기장인 경위 김○○ 상대로 자체 조종사 양성 교육을 5개월에 걸쳐 실시했다. 이곳에 지원하여 조종사의 길로 들어서는 것을 망설이는 경찰관이 많고 조종기술이 어렵고 조종 미숙으로 인한 사고에 겁을 먹고 누구나 지원하는 것을 꺼려 조종사 1명을 만들기는 쉽지 않다. 이러한 문제점을 보완하기 위해 책자 하나 없는 여건 속에서 현재 공기부양선을 운전하는 조종사의 노하우로 책을 편찬했다.

공기부양정은 도입한 것은 지난 2001년 12월 인천국제공항 항공기 불시착 사고 및 서북도서 우발 사태에 대비하기 위해 인천해양경찰서에 도입되었으며, 현재 저수심과 갯벌 등 연안 해역 해양사고 시 구조 활동의 목적으로 임무를 수행하고 있다. 공기부양정은 특수함정으로 분류되어 항공기와 유사, 조종에 고도의 기술력이 필요하다. 그동안 공기부양선 운용인력이 부족하여 운용자 교체 시 기존 운용자의 노하우를 어깨너머로 배우는 데 만족해야 했다. 이러한 문제점을 개선하기 위해 누구나 쉽게 공기부양선에 접근하고 배울 수 있도록 책자를 발간하게 되었던 것이다. 발간한 교육 자료는 개념 및 원리, 운용 방법, 정비 방법, 관내 해역별 특성 등의 자료를 집대성함과 동시에 기존 운용자들로부터 전수받았던 노하우를 그대로 책에 담아냈다. 운용 경험 및 노하우의 공유는 공기부양선 인력 풀 조성을 위한 기틀 마련에 큰 도움이 될 것이다.

본인으로부터 조종사 교육을 받게 될 부기장 경위 김○○은 2019년 2월 14일에 영종도 공기부양선 H-01정 부기장으로 발령받아 근무하던 중 공기부양선 조종기술에 관심이 많아 책이 편찬 완료되었던 6월 13일 이후부터 체계적으로 기술을 습득하기 시작했다.

책자에 있는 주요 명칭을 알아야 조종이 가능해 2019년 6월 13일부터 7월까지 편찬한 책에 대하여 자세하게 이론 교육부터 시작하여 8월부터 점차적으로 조종기술 전수를 시작하면서 기술을 익혀 나갔다.

대형이나 중형도 마찬가지이다. 바다로 나가기 전에는 반드시 각종 장비(외부 장비 및 기관 등 전반적인 사항)에 대한 점검을 하고 이상이 없으면 공기부양선을 조종하여 바다로 나간다. 첫 번째로 해야 할 사항이며 두 번째는 공기부양선에 이상이 없으면 나가기 전 상태로 위치에 있도록 한다. 조종석에 있는 RPM 레버를 1500까지 올리고 피치 레버를 전진하고 다음 사진과 같이 센터라인에 위치하도록 연습을 해야 한다.

한 명의 조종사를 만들기는 매우 어렵다. 본인 자신이 기술 전수받고자 하는 자세가 매우 중요하다. 다음의 행동은 전방에 위험물이 없는지 확인하고 RPM 1500을 올려 피치 레버를 전진시켜 이동시킨다. 이때 떨어진 RPM 1500을 유지하도록 하고 슬립웨이 밑으로 내려갈 때까지 전방 안전 여부를 확인하면서 가야 한다.

나의 직업은 해양경찰이다

영종 기지에서 출항하기 전 공기부양정 위치

조종사인 본인의 시범 조종을 통하여 많이 배우기를 바랄 뿐이다. 처음부터 시작하는 당사자는 조종에 대한 아무것도 모르는 상태이므로 잘 보고 습득해야 기술을 습득할 수 있을 것이다.

엔진 레버를 작동하는 법, 전진하기 위해 작동하는 피치 레버 작동법 등 여러 가지 작동 노하우를 익혀야 진정한 조종사로 만들어질 것이다.

시범이 끝난 후 조종 교육을 받고 있는 부기장의 조종 교육을 반복적으로 실시하여 배울 수 있도록 했다. 약 7일의 기간으로 육상에서 이동하는 방법, 출항하기 전 센터라인 진입까지의 교육을 습득하고 슬립웨이 밑으로 내려가 출항하는 교육을 실시했다.

조종사 양성을 위해 시범을 보이고 있다

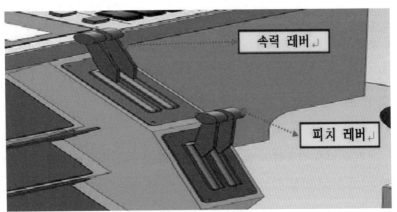

조종석 내부에 있는 속력 및 피치 레버

천천히 슬립웨이를 타고 이동하면 슬립웨이 끝과 물이 접하는 곳까지 가면 피치를 중립으로 유지하면 RPM은 1,700으로 상승하게 된다. 이때, 속력 레버로 RPM 1,800까지 더 올려 공기의 부력을 받아 더 뜰 수 있도록 유지시켜 주고 해상에 완전히 올라서면 피치 레버를 전진시켜 풀 속력 레버를 전진하여 30노트 속력이 되도록 한다.

속력이 30노트 이상 나오면 속력 레버를 내려 경제속력 RPM 1,700 으로 맞추어 운항해야 한다.

※ 공기부양정은 피치 레버를 중립 위치로 가면 갈수록 RPM은 상승하고 피치 레버를 전진시키면 시킬수록 RPM은 하강한다. 이때, 속력 레버로 RPM을 상승 복구시킨다.
(아래 사진과 같이 피치를 중립 위치로 하는 이유는 공기부양정을 더 부양하도록 하는 것임)

화살표 지점에 오면 피치 레버를 중립 위치에 놓는다.

위의 시범이 끝나고 근무 기간 중에 조종사의 감독 아래 부기장의 단속 운항을 하면서 점차적으로 기술을 습득해 나갈 것이다.

해상에서 운항하는 방법으로 무엇보다 중요한 것이 있다. 공기부양정 해상에서의 험프에 대하여 알아야 직접 운항이 가능하고 각종 장비의 기능에 대한 사항을 알고 있어야 한다. 다음과 같이 간단하게 몇 가지만 알아보고 이야기해 보자.

▶ 험프의 개념이란?

1) 험프의 개념
- 공기부양정은 해상에서 정지 상태로 대기 중 선체를 운항 가능한 부양상태로 만드는 과정에서 발생하는 외부외력(스커트 내 유입된 해수의 배출, 풍향, 풍속, 파도, 수심에 따른 수면 떨림)을 제거하고 완전한 선체 부양상태에 도달하는 과정을 말한다.

2) 험프의 최적의 조건
- 선체가 수면상 장시간 떠 있지 않을 것(스커트 내 유입된 해수의 배출 실패 시 험프 불가)
- 선체 진행 방향에서 풍상 측에 있지 않을 것(선미 트림 2도 이상일 때 험프 불가)
- 수심이 깊을 것(낮은 수심에서 수면 떨림 현상이 심하게 발생되면 험프 불가)

▶ 험프의 테크닉
호버크라프트는 '서버 험프' 및 '오버 험프'라는 두 개의 작동 모드를

나의 직업은 해양경찰이다

가지는 점에서 플래닝 보트와 유사하다. 서브 험프와 오버 험프 사이에는 '전환시간'이라는 것을 가지고 있는데, 호버크라프트에서 이것은 '험프'라고 알려져 있다. 느린 속도에서 배는 변위 모드(서버 험프)로 작동이 되고, 그때 내부에서는 중요한 세척이 진행된다. 일단 전환은 약 11~14 노트의 험프 속도로 진행되며, 파도 발생 및 관련 드래그가 크게 감소하게 된다. (오버험프)이러한 전환 시간을 최소한으로 유지하는 기술을 이해하는 것이 중요하다.

험프 상태에서 호버크라프트를 구해내기 위해서 그것을 우선 트래픽이 자유로운 깊은 물의 청정지역에 정렬되어야 한다. 만약 배가 물 위에 떠 있는 경우라면 스커트 내에 있는 물을 내보내야 할지도 모른다. 선미에 장착된 닫힌구간은 배가 떠 있는 경우 물을 채울 수 있으며, 그것을 비우기 위해서는 짧은 시간을 필요로 할 수 있다.

▶ 육상에서의 저속운항

육지 표면이 매끄럽고 장애물이 없는 경우에는 선박은 약 1,500RPM으로 안전하게 달릴 것이다. 하지만, 만약 표면이 고르지 못하거나 다공성(고체가 내부 또는 표면에 작은 빈틈을 많이 가진 상태)의 상태라면 상승 기류의 손실을 막기 위해서 훨씬 더 높은 RPM이 요구될 것이다. 그러나 단단한 표면 위에서는 속도가 급속히 증가할 수 있다는 사실에 주의해야 한다. 프로펠러 피치는 어떤 조종 제어 상태를 유지하는 동안 관리 가능한 선박의 속도를 유지하기 위해 최소의 수준으로 감소되어야 한다.

※ 방향타(rudder)가 호버크라프트를 조종하기 위해서는 방향타 위로 공기가 지나갈 수 있도록 해야 합니다. 만약 제로 피치가 적용된 경우라면 선박의 속도는 관리될 수 있지만, 오퍼레이터는 조종 기능을 사용할 수 없게 됩니다.

느린 속도를 개선하기 위해 선박은 수류 양쪽에서 뱃머리를 약간 아래쪽으로 트림할 수 있다. 이것을 배의 고물(배의 뒷부분)쪽보다 더 많은 보우 스커트를 끌어당길 수 있는 효과를 가지게 될 것이며 이것을 통해 보우 스커트에서 선박의 '피보팅' 즉, 회전 속도를 높일 수 있다. 스커트 시프트도 배를 부드럽게 돌리기 위해서 사용될 수 있다. 너무 작은 스커트 시프트는 오히려 좋지 않을 수 있으며, 선박 외부가 튀어 오르게 할 수도 있기 때문에 유의한다. 느린 속도로 조작되는 동안 회전의 속도를 개선하기 위해 증가된 엔진 RPM의 짧은 폭발음과 함께 풀 rudder(방향타를 완전히 꺾음)가 사용될 수도 있다. 좌현과 우현 프로펠러 사이에서 발생하는 별도의 스러스트(추진력)도 회전 속도를 높여 주는데 이용된다.

▶ 적정 상태로 속도 유지
① 표면이 거친 육지에서의 경우, 더 높은 전력 상태를 설정해서 스커트 손상을 방지할 필요가 있다.
② 기복이 심한 표면을 여행할 때, 선박이 피칭 모션을 향상시키는

것이 가능하지만, 이것은 표면의 위상에서 벗어나게 하고 충격을 발생시킬 수도 있다. 이러한 조건에서는 속도가 감소되어야 한다.

③ 익숙하지 않은 지형에서 작동되고 있을 때는 갑작스럽게 큰 산마루나 도랑을 만났을 경우 오퍼레이터가 정지할 수 있도록 하기 위한 적절한 시간이 필요하고 이를 위해서 속도는 감소되어야 한다.

④ 단단한 표면 위에서는 갑작스러운 엔진 고장의 상황에서 피해를 방지하기 위해서 15노트 이하의 속도로 유지되어야 한다.

▶ 해상에서의 저속운행

750 및 1,400 RPM 사이의 엔진 속도로 험프 아래에서 작동할 경우 선박의 속도는 아무런 큰 물보라를 만들어 내지 않으면서 0.5에서 0.8 노트 사이의 속도를 유지하는 것이 좋다. GHL은 선박이 최적의 느린 속도로 작동되기 위해서는 1,300~1,400 RPM에서 구동될 것을 권하는데, 이 속도에서는 풀 쿠션이 가동되고 최소한의 물보라가 생산되며 속도는 프로펠러 피치로 제어된다. 이것은 낮은 엔진 속도와 높은 피치를 사용하는 것보다 더 좋은 기술로서, 이 방법을 통하여 선박은 물에서 더 쉽게 움직일 수 있고 더 잘 제어될 수 있다.

▶ 공기부양선 해상에서의 안전 운항 방법

① 해상 구역별 항해, 거리, 시간 등 제반 사항 숙지

② 해상 구역별 수로, 저수심, 고정식 어망(고정식 말뚝 : 건강망, 김 양식장 등)등부표, 간출암 등 제반 사항을 항상 알아야 한다.

③ 해상에서 기동 중일 때는 항상 주변 정보를 파악해야 한다.

④ 해상에서는 안전이 최우선이 되어야 하므로 엔진을 적절하게 사용해야 하고 특히, 곡선구간 운항 시는 속력을 하강하여 회전해야 안전한 코스로 갈 수 있다. 위의 내용처럼 간단하게 공기부양선에 대해서 알아 보았다.

7일간의 육상에서의 운항 교육을 마치고 해상으로 나가서 운항기술을 부기장에게 기술을 전수하기 시작했다. 배우는 당사자는 처음에는 매우 어려워하면서도 기술을 조금씩 익혀 나가는 모습을 보니 5개월 정도의 숙달 기간을 거치면 혼자서도 조종이 가능할 것이다.

조종사 감독하에 단독으로 운항 중인 부기장

위의 내용처럼 약 1개월의 교육을 통하여 슬립웨이 끝단에 도착하면 엔진 레버 및 피치 레버를 작동하면서 해상으로 나가는 방법 기술을

나의 직업은 해양경찰이다

전수받고 첫 운항을 시도하면서 많이 떨리는 모습을 지켜보았다. 옆에서 지켜본 나는 대체로 무난하게 운항하는 모습을 보면서 점점 익혀 나가는 것을 느낄 수 있었다. 해상 출동을 겸해 해상 단독운항을 하면서 해안가 접이안의 운전을 습득토록 할 것이다.

해상 단독운항 중인 부기장

약 40분간의 해상 단독운항을 마친 부기장은 해안가 접안을 위해 조종사의 지도 아래 속력을 15노트로 맞추고 갯벌로 진입하도록 했다. 주로 서해안에는 갯벌로 이루어진 해안가가 대부분이다. 일반 육상과 같이 갯벌은 얼음 위와 같으므로 속도를 제어하지 못하면 갯벌에 놀러 와 있는 사람들을 다치게 하는 대형 사고로 이어질 수 있어 집중이 필요하다. 갯벌에 진입하기 위해서는 주변 환경을 미리 파악하면서 들어가야 한다. 주변 환경(사람, 암초, 기타 위험 요소 전반)이 확인되면 속력을 감소하고 출력 엔진 레버와 피치 레버를 조종하여 가야 할 목저지에 도착하면 된다.

갯벌로 진입하고 있는 부기장

주로 갯벌에는 많은 사람들과 구조상황이 벌어지면 특별한 조종사의 노하우 기술이 필요하다. '갯벌에서의 제자리 360도 회전방법'이 있다.

▶ 갯벌 구역에서의 360도 회전 방법

갯벌에서의 제자리 360도 회전 방법으로는 속력 레버로 RPM을 1,500까지 상승시킨다. 좌현 피치 레버를 전진시키고 조종간을 우현으로 돌리면 공기부양정은 천천히 우현으로 돌아가고 RPM 1,300으로 내려간 것을 속력 레버로 떨어진 RPM을 1,500까지 복구시킨다. 이때, 점차 속력이 증가하여 빠르게 돌아가는 현상이 생기면 약 90도 정

나의 직업은 해양경찰이다

도 돌아갔을 때 속력 레버로 RPM을 1,300까지 하강하여 돌아가는 속력을 줄이면서 계속한다. 똑같은 방법으로 반복해서 360도로 돌린다. 약 330도 방향에 왔을 때 좌·우현 피치 레버를 전진하고 속력 레버를 RPM 1,500 상승 유지시키고 조종간은 중앙에 놓으면 공기부양정은 처음 시작한 곳에 있게 된다. (피치를 좌·우현 전진시키고 속력 레버를 RPM 1,500 상승시키는 이유는 갯벌에서 뒤로 밀리는 현상을 방지하기 위함이다.) : 제자리 360도 회전은 육상 및 좁은 구역에서 사용하는 방법이다.

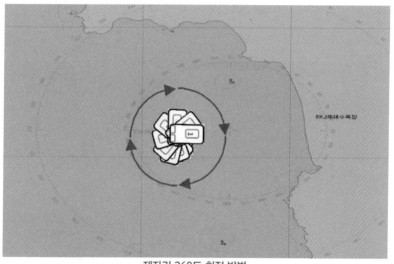

제자리 360도 회전 방법

약 1시간 동안의 연습을 통하여 감각을 익혀갔다. 약 5개월 동안 반복적 운항 연습으로 조종기술은 자기 기술로 전환될 것이다. 어느 정도의 시간이 흘러 영종 기지로 복귀해야 한다. 복귀하면서 또 다른 기술교육을 연습시키고 기지 슬립웨이를 올라갈 것이다.

▶ **해상에서의 곡선구간 운행 시 운전 방법**

해상에서 곡선구간을 운행할 때 운전 방법으로는 아래 그림과 같이 곡선구간에서는 28노트에서 30노트 이상일 때 '스키드 현상'을 방지하기 위해서는 약 500m 전 속력을 22노트로 감소시키고 곡선구간에 진입해야 한다. 안전한 코스가 확보되면 속력 레버를 전진시켜 RPM을 상승 운행해야 안전하다. (속력을 감소시켜 운항하는 것은 스키드 현상으로 최대한 밀리는 현상을 방지하여 안전한 운항을 하려는 것이다.)

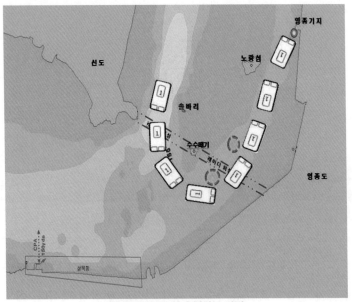

해상에서의 곡선 운행하는 방법

나의 직업은 해양경찰이다

영종 기지 슬립웨이를 올라가기 위해서는 진입에 따른 방법 등이 필요하다. 슬립웨이를 진입할 때는 슬립웨이 주변에 선박의 이동 사항 및 바람, 조류의 방향, 물의 높이(조석)을 확인하고 안전하게 슬립웨이를 올라가야 한다. 이를 무시하고 올라갈 경우에는 대형 사고로 이어질 수 있기 때문에 반드시 상기 고려 사항을 검토하고 시행해야 한다.

▶ 영종도 해상에서 기지 육상 슬립웨이 진입 시 이동 방법

① 육상 슬립웨이 진입 전 약 1,000미터 내에 접근하면 속력을 22노트로 내린다.

② 육상 슬립웨이가 보이면 조석의 물 높이와 조류, 바람 방향 등을 계산하여 속력을 조정한다.

③ 조석의 물 높이 200~300일 때 18~20노트 바람과 조류의 영향을 받을 때 17~19노트 속력을 유지해서 올라간다.

 - 조석의 물 높이 300~400일 때 17~19노트 바람과 조류의 영향을 받을 때는 17~18노트

 - 조석의 물 높이 400~500일 때 16~18노트 바람과 조류의 영향을 받을 때는 16~17노트

 - 조석의 물 높이 500~600일 때 15~17노트 바람과 조류의 영향을 받을 때 15~16노트

상기 조석의 물 높이의 변화, 바람, 조류의 영향에 따라 속력을 조정하고 아래의 그림과 같이 육상 슬립웨이로 진입해서 올라가면 된다.

1) 그림 ①

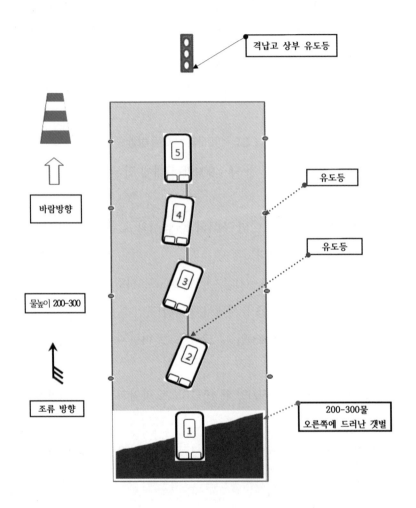

격납고 상부 유도등

유도등

유도등

바람방향

물높이 200-300

조류 방향

200-300물
오른쪽에 드러난 갯벌

나의 직업은 해양경찰이다

2) 그림 ②

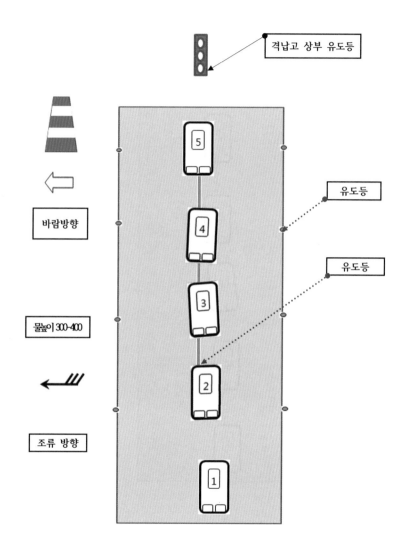

격납고 상부 유도등

유도등

유도등

바람방향

물높이 300~400

조류 방향

3) 그림 ③

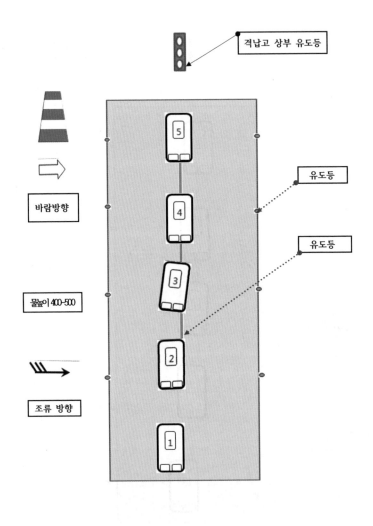

격납고 상부 유도등

유도등

유도등

바람방향

물높이 400-500

조류 방향

나의 직업은 해양경찰이다

4) 그림 ④

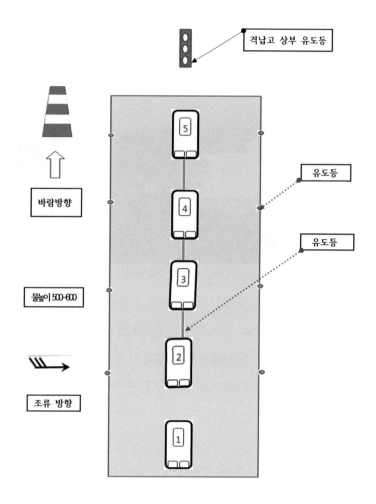

격납고 상부 유도등

바람방향

물높이 500~600

조류 방향

유도등

유도등

상기 그림과 같이 자체 조종사 양성을 위해 부기장 상대로 지속적인
운항 교육을 통하여, 육상 슬립웨이를 안전하게 올라갈 수 있도록 기

술을 익히게 했다. 5개월이 지나면 혼자 알아서 변화되는 해상을 분석하고 계산하여 육상 슬립웨이로 올라갈 것이다.

혼자서 육상 슬립웨이를 진입하는 것을 옆에서 지켜보고 있다

육상에서의 이동 방법 교육을 통한 운항기술을 전수하며 조종사로한 걸음 다가가는 부기장은 젊어 기술 습득이 무척 빨랐다. 5일간의 연습으로 숙달 완료하여 2020년 12월 15일 현재는 예비 조종사로 능숙하게 조종하고 있다.

육상에서 운전 방법 : 육상 슬립웨이 진입 후 아래 그림과 같이 유류저장소 앞에서 RPM 1,500을 상승하고 피치 레버를 전진시킨다. 속력이 붙어 앞으로 가는 현상이 생기며 속력이 점차 높아지면 속력 레버로 RPM을 1,300 하강했다가 1,500으로 상승 하면서 속력을 조정 이동한다. 이때, 좌측에는 경사도가 있어 공기부양정이 뒤로 밀리는 현상

나의 직업은 해양경찰이다

이 생긴다. 밀리는 현상을 방지하기 위해 피치 레버를 전진 상태로 유지하여야 하고 속력 레버는 RPM 1,500 이상에 위치에 있어야 한다. 또한, 회전하기 위해 조종간(조이스틱)을 우현으로 돌리고 있어야 한다. 회전 각도가 상기 파란색 그림과 같은 위치에 오면 조종간(조이스틱)은 정면을 보게 한다. 또한, RPM 1,300으로 하강 후 피치를 중립에 놓고 밀리는 현상이 없으면 해당 위치에 정지한다. (아래 그림 참고)

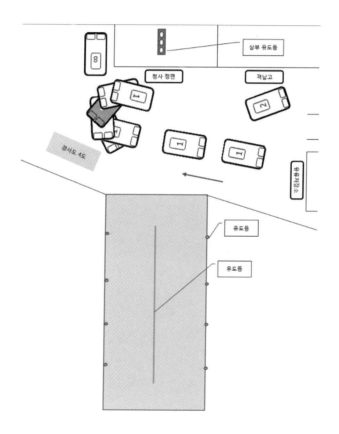

약 5개월의 시간이 지나 본인은 2020년 11월 2일부터 대형 공기부
양선 조종사 교육을 받는 동안 부기장은 자체 양성으로 조종사가 되어
원활한 운전이 가능하여 본인의 교육기간 동안 직무대리 조종사 임무
를 약 한 달 보름(45일간) 대리하여 업무를 수행하게 되었다. 국가 예
산을 약 1억 절감하면서 자체적으로 조종사를 만들어 양성에 힘을 보
탤 수 있어 기분 좋았고, 앞으로도 기회가 된다면 자체 조종사를 더 만
들어 보기를 기대한다. 그동안 교육을 받은 부기장에게 격려를 보내며
마친다.

서해 바다의 아름다운 풍경

1992년 12월 26일 만 23세의 나이로 해양경찰이란 직업을 선택하여 입사, 인천, 부산 등 많은 곳에서 일했다. 300톤급, 500톤급, 100톤급, 소형 함정을 거쳐 지금은 인천 영종도에 위치한 공기부양선 기지에서 조종사로 근무를 하고 있다. 누구보다 서해 바다의 아름다움을 알고 있기에 사진을 통하여 독자 여러분과 공유해 볼까 한다. 서해에는 여러 명소들이 있다. 첫 번째로 백령도는 북한의 장산곶 남쪽 휴전선 바로 아래에 위치하며, 인천에서 서북쪽으로 191.4km 떨어져 있다. 면적 46.3km, 해안선 길이 52.4km, 최고봉 184m, 주민은 3,177가구 5,657명, 초등학교 219명, 중학생 85명, 고등학생 102명이 있다.

이곳은 우리나라에서 14번째로 큰 섬이다. 최근 화동과 사곶 사이를 막아 간척지 매립으로 현재는 면적이 늘어나 8번째 크기의 섬이 되었다. 명칭의 유래를 찾아보면, 원래 이름은 '곡도'였으나 따오기가 흰 날개를 펼치고 공중을 나는 모습처럼 생겼다 하여 백령도라 했다고 한다. 백령도에는 아주 멋진 명소가 있다. 두무진에 위치한 비암 절벽의 절경으로 이루어진 선대암이 있다.

잠시 두무진의 역사에 대하여 이야기해 보겠다. 두무진의 유래를 보면 지명은 백령진지에 두모라 기록되어 있다. 모의 의미는 털의 뜻과 풀의 뜻이 있는데, 길게 늘어선 바위들이 마치 무성하게 자란 풀처럼 보여 '바위들이 풀같이 솟아 있다'는 의미로 두모진이라 부르게 되었다고 한다. 또 백령도의 관문이라는 의미로 두문진이라고 부르기도 했다. 1832년 우리나라 초초의 선교사인 키슬라프 목사와 1865년 기독교 최초의 순교자인 토마스 선교사가 두문진을 통해 상륙했다고 한다. 따라서 두문진이라 불린 것은 백령도의 북서쪽 꼭대기에 있는 문호라는 의미였다. 이후 러일전쟁 때 일본군의 병참기지가 이곳에 생기고 나서 용맹한 장군들이 머리를 맞대고 회의를 하는 모양이라는 뜻의 두무진 명칭이 지금에도 사용되고 있다. 백령도에 있는 선대 암은 지금으로부터 약 10억 년 전의 조간대(만조 때 바닷물로 덮이고 간조 때 노출되는 환경)에 모래가 쌓여서 만들어진 사암이 지각변동을 받아 형성된 규암으로 주로 구성되어 있다.

원래는 백령도와 연결되어 있었는데 단층이나 절리가 있는 부분이 파도의 침식을 많이 받아 형성된 절경이다. 다음과 같이 해양경찰 생활을 하면서 선대 암의 풍경과 해상의 아름다움을 담은 사진을 독자 여러분들과 같이 감상토록 하겠다.

① 경비함정에서 바라본 선대 암의 풍경

나의 직업은 해양경찰이다

27화 서해 바다의 아름다운 풍경

나의 직업은 해양경찰이다

나의 직업은 해양경찰이다

27화 서해 바다의 아름다운 풍경

② 경비함정에서 바라본 바다의 풍경

나의 직업은 해양경찰이다

27화 서해 바다의 아름다운 풍경

나의 직업은 해양경찰이다

27화 서해 바다의 아름다운 풍경

나의 직업은 해양경찰이다

③ 백령도의 아침

에필로그

　해양경찰은 1953년 당시 우리나라의 해양주권선인 '평화선'을 수호하고, 어업 자원을 보호하기 위해 경비정 6척, 인력 658명으로 내무부 치안국 소속 해양경찰대로 창설된 것이 해양경찰의 업무의 시작이다. 이후 1955년 2월 상공부 해무청에 소속된 해양경비대로 변경되었다.

　1956년 7월 해양경비대 사령부를 거쳐 1957년 11월 해양경비대로 환원되었고, 1962년 5월 다시 내무부 치안국에 소속된 해양경찰대로 개편되었다가 1974년 12월 내무부 치안본부 소속으로 변경되었다.

　1991년 7월 23일에는 경찰청 소속 해양경찰청으로 변경됐다가 1996년 8월 8일 해양수산부 외청으로 독립했다. 2005년 7월 22일에는 차관급 외청으로 승격됐고, 2008년 2월 29일에는 국토해양부 외청으로 개편됐다. 2013년 3월 박근혜 정부가 출범하고 해양수산부가 부활하면서 소속 기관이 국토해양부 해양수산부 해양경찰청으로 바뀌었다. 2014년 세월호 침몰사고 구조실패의 책임을 물어 해양경찰청을 해체하고, 2014년 11월 19일 국민안전처에 흡수 통합되면서 폐지되었다.

　이때, 해양경찰청의 수사와 정보 기능은 경찰청에, 해양 경비, 안전,

나의 직업은 해양경찰이다

오염방제의 기능은 국민안전처로 이관되어 해양경비안전본부가 담당하도록 했다. 박근혜 정부에서 해체된 지 3년 만에 문재인 정부에서 해양수산부 산하 외청으로 독립했다. 2018년 11월 해양경찰청 본청이 세종 정부종합청사에서 인천 송도 신청사로 이전하여 경비구난, 해상교통 안전 관리, 해상치안, 해양환경 보존, 해양오염 방제, 국제교류 협력 등의 업무를 현재까지 해오고 있다. 위 내용처럼 해양경찰관 들은 세월호 구조실패에 따른 후유증은 무척 커 지금은 여러 구조사항에 대처할 수 있도록 반복된 훈련을 통해 국가와 국민을 위해, 보다 더 안전한 바다가 될 수 있도록 노력하는 해양경찰이 많이 있다는 것을 국민들도 알아주었으면 좋겠다. 나는 약 28년을 근무하면서 해양경찰의 변천을 같이해 온 자로써, 누구보다 해양경찰에 대한 자부심으로 살아온 사람이다. 퇴직하는 순간까지 후배들을 이끌어 주며 국민의 생명을 보호하다 안전하게 퇴직하는 것이 목표이다. 많은 일들이 있었지만 국민들 중에는 안 좋은 시선으로 보는 사람들도 있을 것이다. 지금도 전국에서 국민의 안전을 위해 노력하고 있는 해양경찰이 있기에 박수를 보내 주었으면 한다. 미래를 위해 안전한 대한민국을 만들기 위해 전국에 있는 해양경찰관을 대표하여 더욱 노력하도록 하겠다.

나의 직업은

이다

© 황성준, 2021

초판 1쇄 발행 2021년 2월 26일

지은이   황성준
펴낸이   이기봉
편집   좋은땅 편집팀
펴낸곳   도서출판 좋은땅
주소   서울 마포구 성지길 25 보광빌딩 2층
전화   02)374-8616~7
팩스   02)374-8614
이메일   gworldbook@naver.com
홈페이지 www.g-world.co.kr

ISBN   979-11-6649-364-5 (03810)